Deseo™

Antiguos secretos

KATHERINE GARBERA

Editado por HARLEQUIN IBÉRICA, S.A.
Núñez de Balboa, 56
28001 Madrid

I.S.B.N.: 978-84-671-9976-5
Depósito legal: B-6763-2011
Editor responsable: Luis Pugni
Preimpresión y fotomecánica: M.T. Color & Diseño, S.L.
C/ Colquide, 6 portal 2 - 3º H. 28230 Las Rozas (Madrid)
Impresión en Black print CPI (Barcelona)
Fecha impresion para Argentina: 10.10.11
Distribuidor exclusivo para España: LOGISTA
Distribuidor para México: CODIPLYRSA
Distribuidores para Argentina: interior: BERTRAN, S.A.C. Vélez
Sársfield, 1950. Cap. Fed./ Buenos Aires y Gran Buenos Aires,
VACCARO SÁNCHEZ y Cía, S.A.
Distribuidor para Chile: DISTRIBUIDORA ALFA, S.A.

Prólogo

–¿Por qué estamos aquí? –preguntó Henry Devonshire. Estaba sentado en la sala de juntas que el Everest Group tenía en el centro de Londres. A través de los amplios ventanales, se divisaba una bella imagen del Támesis.

–Malcolm ha preparado un mensaje para ti.

–¿Por qué tenemos que escucharlo? –insistió Henry mirando al abogado, que estaba sentado al otro lado de la pulida mesa de reuniones.

–Creo que tu padre...

–Malcolm. No digas que ese hombre es mi padre.

El Everest Group siempre había sido la vida de Malcolm Devonshire. Tras cumplir setenta años, el anciano, como era de esperar, se había puesto en contacto con Henry y con los hermanastros de éste. Probablemente, quería asegurarse de que la empresa que había creado no moría cuando él lo hiciera.

Henry no podía decir mucho sobre sus hermanastros. No los conocía mucho más que a su padre biológico. Geoff era el mayor de los tres. Su aristocrática e inglesa nariz delataba el lugar que ocupaba en la familia real británica.

–El señor Devonshire se está muriendo –dijo Edmond Strom–. Quiere que el trabajo de toda una vida siga viviendo en cada uno de vosotros.

Edmond era el mayordomo de Malcolm, aunque tal vez decir que era su ayudante personal sería más exacto.

–Él no creó ese legado para nosotros –dijo Steven. Era el más joven de los tres.

–Bien, pues ahora tiene una oferta para cada uno de vosotros –replicó Edmond.

Henry había visto al abogado y al mayordomo de su padre más veces de las que había estado con su progenitor. Edmond se había encargado de entregarle los regalos de Navidad y de cumpleaños cuando era sólo un niño.

–Si fuerais tan amables de sentaros y de permitirme que os explique –insistió Edmond.

Henry tomó asiento al final de la mesa de reuniones. Había sido jugador de rugby, y bastante bueno por cierto, pero esto jamás le había ayudado a conseguir lo que realmente deseaba: el reconocimiento de su padre. No podía explicarlo de otro modo. Su propio padre jamás había reconocido ninguno de los logros de Henry. Por lo tanto, había dejado de buscarlo y había tomado su propio camino. Eso no explicaba su presencia en la sala de juntas en aquellos momentos. Tal vez era simple curiosidad sobre su padre.

Edmond repartió tres archivadores, uno para cada uno de ellos. Henry abrió el suyo y vio la carta que su padre había escrito para sus tres hijos.

Geoff, Henry y Steven:

Se me ha diagnosticado un tumor cerebral maligno, que está en fase terminal. He agotado todos los medios posibles para prolongar mi vida pero, en estos momentos, me han dicho que me quedan sólo unos seis meses de vida.

Ninguno de vosotros me debe nada, pero espero que la empresa que me puso en contacto con vuestras madres siga prosperando y creciendo bajo vuestro liderazgo.

Cada uno de vosotros controlará una de las divisiones. Se os juzgará por los beneficios que consigáis en vuestro segmento. Quien muestre mayor capacidad en la dirección de su parte de la empresa, será nombrado director ejecutivo de la empresa y presidente del Everest Group.

Geoff se encargará de Everest Airlines. El tiempo que ejerció como piloto de la RAF viajando por todo el mundo le será de gran utilidad.

Henry se ocupará de Everest Records. Espero que contrate a los grupos musicales que ya ha conseguido colocar en las listas de éxitos.

Steven se hará cargo de Everest Mega Stores. Espero que su talento para saber lo que el público quiere no le falle.

Edmond seguirá vuestros progresos y me informará regularmente. Habría acudido a esta cita de hoy con vosotros, pero los médicos me impiden moverme de la cama.

Sólo tengo una petición. Todos debéis evitar el escándalo y centraros en la dirección de vuestra parte de la empresa. Si no es así, quedaréis fuera de lo que hemos acordado, sean cuales sean los beneficios. El único error que he cometido en mi vida fue dejar que mis asuntos personales me distrajeran de mis negocios. Espero que los tres podáis beneficiaros de mis errores. Confío en que aceptéis este desafío.

Atentamente,

Malcolm Devonshire

Henry sacudió la cabeza. Malcolm acababa de decir que consideraba un error el nacimiento de sus tres hijos. No sabía cómo se lo tomarían Geoff y Steven, pero a él le fastidió bastante.

–A mí no me interesa esto.

–Antes de que rechaces la oferta de Malcolm, deberías saber que, si alguno de los tres decide no aceptar lo que os propone vuestro padre, el dinero que dejó en un fondo para vuestras madres y para cada uno de vosotros será confiscado a su muerte. La empresa se quedará con todo.

–Yo no necesito su dinero –dijo Geoff.

Henry tampoco, pero su madre tal vez sí. Ella y su segundo esposo tenían dos hijos adolescentes. Aunque Gordon, el padrastro de Henry, ganaba un buen sueldo como entrenador jefe de los London Irish, les venía bien un poco de dinero extra, especialmente dado que tenían que pagar la universidad de sus dos hijos.

–¿Podríamos tener un instante para hablar de esto a solas? –preguntó Steven.

Edmond asintió y salió de la sala. En cuanto la puerta se cerró a sus espaldas, Steven se puso de pie.

–Yo creo que deberíamos hacerlo –dijo.

–Yo no estoy tan seguro –afirmó Geoff–. No debería poner ninguna estipulación en su testamento. Si quiere dejarnos algo, que lo haga.

–Pero esto afecta a nuestras madres –observó Henry poniéndose del lado de Steven. Malcolm había evitado todo contacto con su madre cuando ella se quedó embarazada. Eso siempre le había dolido mucho a él. Por ello, le gustaría que su madre tuviera algo de

Malcolm... una parte de lo que él había valorado más que a las personas que formaban parte de su vida.

—Efectivamente —comentó Geoff, reclinándose en su butaca mientras lo consideraba—. Entiendo tu punto de vista. Si los dos estáis dispuestos a hacerlo, contad conmigo, aunque no necesito ni su aprobación ni su dinero.

—Yo tampoco.

—Entonces, ¿estamos los tres de acuerdo? —preguntó Henry.

—Por mi parte, sí —afirmó Geoff.

—Creo que les debe a nuestras madres algo además de la manutención que les dio. Además, me resulta imposible resistirme a la oportunidad de conseguir más beneficios que él.

Capítulo Uno

Astrid Taylor había empezado a trabajar para el Everest Group hacía exactamente una semana. La descripción de su trabajo le había resultado muy parecida a la de una niñera, pero el sueldo era bueno. Eso era lo único que le importaba en aquellos momentos. Iba a ser la ayudante personal de uno de los hijos de Malcolm Devonshire.

Su experiencia como asistente del legendario productor discográfico Mo Rollins le había asegurado el hecho de conseguir el trabajo con Everest Records. Se alegraba de que no le hubieran hecho demasiadas preguntas sobre el despido de su último empleo.

–Buenos días, señorita Taylor. Me llamo Henry Devonshire.

–Buenos días, señor Devonshire. Encantada de conocerlo.

Henry extendió la mano y ella se la estrechó. Él tenía unas manos grandes, fuertes, aunque de manicura perfecta. Su rostro cuadrado enmarcaba una nariz que parecía haberse roto en más de una ocasión. Por supuesto, era de esperar en un jugador de rugby de primera clase, al que una lesión había obligado a abandonar el deporte. A pesar de todo, seguía teniendo un aspecto muy atlético.

–La necesito en mi despacho dentro de cinco minutos –le dijo él–. Tráigame todo lo que tenga sobre Everest Records. Asuntos económicos, grupos a los que hayamos contratado, grupos que deberíamos dejar... Todo.

–Sí, señor Devonshire –respondió ella.

Él se detuvo en el umbral de su despacho y le dedicó una sonrisa.

–Puede llamarme Henry.

Ella asintió. Vaya. Él tenía una perfecta sonrisa, que la dejó completamente petrificada. Era ridículo. Había leído los artículos de la prensa sensacionalista y de las revistas. Era un mujeriego. Iba con una mujer diferente todas las noches. No debía olvidarlo.

–Por favor, llámeme Astrid –dijo.

Henry asintió.

–¿Lleva trabajando aquí mucho tiempo?

–Sólo una semana. Me contrataron para trabajar específicamente con usted.

–Estupendo. Así no tendrá dudas sobre a quién debe lealtad.

–No, señor. Usted es el jefe –afirmó ella.

–De eso puede estar segura.

Astrid empezó a reunir los informes que él le había pedido. Desde la aventura sentimental por la que terminó su último empleo, se hizo la promesa de que, en lo sucesivo, se comportaría de un modo completamente profesional. Siempre le habían gustado los hombres y, para ser sincera, sabía que flirteaba con ellos más de lo que debía, pero así era ella.

Observó cómo Henry se metía en su despacho.

Tontear en el lugar de trabajo era una mala idea, pero Henry Devonshire era tan encantador... Por supuesto, él no iba a insinuársele. El círculo social en el que él se movía contaba con supermodelos y actrices de primer nivel, pero Astrid siempre había tenido debilidad por los ojos azules y las encantadoras sonrisas. Además, diez años atrás, se sintió muy atraída por Henry Devonshire cuando lo presentaron al inicio de un partido de los London Irish.

Por fin tuvo preparado lo que le había pedido Henry. Había colocado todo en una carpeta después de imprimir la información que él había organizado. También había copiado el archivo en el servidor que los dos compartían.

Su teléfono comenzó a sonar. Miró el aparato y vio que Henry aún seguía hablando por su extensión.

—Everest Records. Despacho de Henry Devonshire —dijo.

—Tenemos que hablar.

Era Daniel Martin, su antiguo jefe y amante. Era un productor discográfico que convertía en oro todo lo que tocaba. Sin embargo, cuando el oro perdía su lustre, Daniel perdía interés, algo que Astrid había experimentado en sus carnes.

—No creo que nos quede nada por decir —replicó ella. Lo último que deseaba era hablar con Daniel.

—Henry Devonshire podría tener otra opinión. Reúnete conmigo en el aparcamiento que hay entre City Hall y Tower Bridge dentro de diez minutos.

—No puedo. Mi jefe me necesita.

—No seguirá siendo tu jefe por mucho tiempo si no hablas conmigo. Creo que los dos lo sabemos.

No te estoy pidiendo mucho tiempo. Sólo unos pocos minutos.

—Está bien —replicó Astrid, consciente de que Daniel podría estropear la nueva oportunidad que la vida le había brindado en Everest Records simplemente con un rumor sobre lo ocurrido en su último trabajo.

No estaba segura sobre lo que quería Daniel. Su relación había terminado de mala manera. Tal vez sólo quería hacer las paces con ella dado que Astrid estaba de nuevo en la industria de la música. Al menos, eso era lo que esperaba.

Envió a Henry un mensaje instantáneo para decirle que volvería enseguida y preparó el buzón de voz de sus teléfonos. Cinco minutos más tarde, iba paseando por una zona verde que había junto al Támesis. Muchos trabajadores estaban allí en aquellos momentos, tomándose una pausa para fumarse un cigarrillo.

Astrid comenzó a buscar a Daniel. Vio enseguida su cabello rubio. El día estaba nublado y lluvioso y hacía bastante frío. Daniel llevaba el abrigo con el cuello levantado y estaba muy guapo. A pesar de que Astrid había conseguido olvidarlo, no pudo evitar fijarse en él. Vio la desilusión de muchas mujeres cuando Daniel se volvió hacia ella. En el pasado, había gozado con las miradas de envidia de otras mujeres. Nunca más. Sabía perfectamente que no tenían nada que envidiar. El encanto de Daniel Martin era sólo superficial.

—Astrid.

—Hola, Daniel. No tengo mucho tiempo. ¿Por qué querías verme?

–¿Qué te crees que estás haciendo trabajando para Everest Records?

–Me han contratado. Necesito trabajar, dado que no soy rica. ¿Qué querías decirme?

–Que si te quedas con algunos de mis clientes, te aseguro que acabaré contigo.

–Te aseguro que yo nunca haría eso –replicó ella, sacudiendo la cabeza.

–Quedas advertida. Si te acercas a mis clientes, llamaré a Henry Devonshire y le diré todo lo que la prensa sensacionalista no reveló sobre nuestra relación.

Con eso, Daniel se dio la vuelta y se alejó de ella. Astrid simplemente observó cómo se marchaba y se preguntó cómo se iba a poder proteger de Daniel Martin.

Regresó rápidamente al rascacielos del Everest Group, tomó el ascensor que llevaba a su planta y se dirigió hacia la puerta que daba paso al despacho de Henry.

–¿Puedo entrar?

Él estaba hablando por teléfono, pero le hizo un gesto para que entrara. Ella lo hizo y dejó las carpetas que Henry le había pedido sobre la mesa de su escritorio.

–Suena fenomenal. Estaré allí a las nueve –replicó Henry–. Dos. Seremos dos –añadió. Colgó el teléfono y la miró–. Siéntese, Astrid.

–Sí, señor.

–Gracias por el material que ha preparado. Antes de que nos pongamos a trabajar, hábleme un poco de usted.

–¿Y qué es lo que quiere saber? –le preguntó ella.

No le parecía prudente contar su historia entera.

No quería revelar por accidente detalles que era mejor que permanecieran ocultos. Había esperado que el hecho de trabajar para Everest Group sería el cambio que necesitaba para marcar diferencias entre su pasado y su futuro. Un trabajo que la mantuviera tan ocupada que la obligara a dejar de preocuparse sobre el pasado y aprender a vivir de nuevo la vida.

–Para empezar, ¿por qué trabaja para el Everest Group? –le preguntó él, cruzándose de brazos. El ceñido jersey negro que llevaba puesto se le estiraba contra los abultados músculos de los brazos. Evidentemente, su jefe estaba en muy buena forma física.

–Me contrataron –respondió. Después de su conversación con Daniel, tenía miedo de decir demasiado.

–¿Significa eso que este trabajo es tan sólo una forma de ganarse la vida?

–Es algo más. Me gusta mucho la música y formar parte de su equipo me pareció muy divertido. La oportunidad de ver si podemos encontrar el siguiente cantante de éxito. Siempre me he considerado una persona que puede marcar tendencias y ahora tengo oportunidad de ver si es así.

En el pasado, había pensado que podría dedicarse a la producción musical, pero descubrió que no tenía la personalidad necesaria para conseguirlo. No podía sentir pasión por un cantante o grupo musical y luego dejarlo tirado cuando las ventas de sus discos comenzaran a flaquear. Le gustaba creer que tenía integridad.

–Esto hace que trabajar para mí resulte más fácil. Voy a necesitar que sea mi ayudante personal más que simplemente mi secretaria. Tendrá que estar disponible las veinticuatro horas de los siete días de la semana. No tendremos un horario regular de oficina porque pienso conseguir que esta división del Everest Group sea la que más beneficios reporte. ¿Alguna objeción?

–Ninguna, señor. Me dijeron que este trabajo requeriría mucha dedicación.

–Estupendo. Normalmente, no estaremos en este despacho. Me gustaría trabajar desde la casa que tengo en Bromley o desde mi apartamento aquí en Londres. Principalmente, tendremos que ir a escuchar actuaciones musicales por la noche.

–Perfecto, señor.

–Bien. En ese caso, pongámonos manos a la obra. Necesito que cree un archivo en el que guardar información de varios talentos. Le voy a enviar un correo con el nombre de las personas que trabajan para mí.

Astrid asintió y tomó notas mientras Henry continuaba explicando los términos del trabajo. A pesar del hecho de que la prensa lo hacía parecer un playboy, parecía que él había cultivado una serie de contactos que le vendrían muy bien para el mundo de los negocios.

–¿Algo más?

–Sí. Se me da muy bien encontrar promesas de la canción cuando los oigo en los locales de actuación, pero me gusta tener una segunda opinión.

–¿Y por qué cree usted que es eso?

–Bueno, creo que soy la típica persona que buscan la mayoría de esos músicos. Soy joven, social y conozco el ambiente. Creo que eso me ha dado un buen oído para captar las tendencias. ¿Y a ti, Astrid?

–Me encanta la música. Además, creo que parte de la razón por la que me contrataron es porque fui asistente personal de Daniel Martin.

–¿Qué clase de música te gusta?

–Algo que tenga alma. Sentimientos –respondió ella.

–Suena...

–¿Anticuado?

–No, interesante.

Astrid se marchó del despacho de Henry y trató de concentrarse en su trabajo, pero había disfrutado de su compañía más de lo que debería haberlo hecho para ser su jefe. Tenía que recordar que, efectivamente, Henry Devonshire era su superior. No tenía intención alguna de volver a empezar con el corazón roto y una cuenta bancaria en números rojos.

Henry observó cómo Astrid se marchaba. Su nueva asistente personal era mona, divertida y un poco descarada. El hecho de contar con ella para su equipo iba a hacer que su trabajo resultara mucho más divertido.

A pesar del hecho de que muchas personas creían que él no era nada más que un famoso proveniente del mundo del deporte y un filántropo, Henry tenía un lado serio. Le gustaba apostar fuerte, pero pocas personas sabían que trabajaba muy duro.

Era una lección que había aprendido de su padrastro, Gordon Ferguson. Conoció a Gordon cuando tenía ocho años. Dos años antes de que su madre y él se casaran. Gordon era el entrenador jefe de los

London Irish aunque, por aquel entonces, sólo era uno de los ayudantes. Había ayudado a Henry a pulir sus habilidades en el rugby y lo había convertido en uno de los mejores capitanes de su generación.

El despacho de Henry estaba en el piso superior del edificio del Everest Group. Tenía unas bonitas vistas del London Eye al otro lado del Támesis, pero allí, él se sentía incómodo. Sabía que no podía trabajar en un lugar tan encajonado como aquél.

Necesitaba salir de allí, pero primero quería conocer un poco más a su ayudante y averiguar más sobre la tarea que tenía entre manos.

Al principio, le importaba un bledo ganar o no el desafío de Malcolm, pero, después de estar allí, su competitividad lo empujaba a tener éxito. Le gustaba ganar. Le gustaba ser el mejor.

Examinó los informes que Astrid le había preparado, tomando notas y tratando de no recordar lo largas que las piernas de Astrid le habían parecido bajo aquella falda tan corta. Y su sonrisa... Tenía unos labios gruesos y tentadores. En más de una ocasión no había podido evitar preguntarse cómo sabrían. Tenía la boca grande, los labios jugosos. Todo sobre ella resultaba irresistible.

Las aventuras en el trabajo no eran una buena idea, pero Henry se conocía y sabía que se sentía muy atraído por su ayudante. Decidió que no haría nada al respecto a menos que ella mostrara alguna señal de interés hacia él. Necesitaba a Astrid para ganar aquel desafío y, para ser sincero, para él era más importante ganar que empezar una aventura.

–¿Henry?

Astrid estaba en la puerta. Su cabello corto y rizado le acariciaba las mejillas. A Henry le encantaba la ceñida falda escocesa que llevaba puesta. Completaba su atuendo con unas botas hasta la rodilla que le hacían parecer alta. El jersey negro se le ceñía a los senos. Se dio cuenta de que se los estaba mirando fijamente cuando ella se aclaró la garganta.

—¿Sí, Astrid?

—Necesito bajar a la asesoría jurídica para hacerles llegar la oferta de Steph. ¿Te importa que no conteste el teléfono?

—No, en absoluto. Has sido muy rápida —comentó él, refiriéndose a los informes que Astrid le había preparado.

—Bueno, estoy aquí para complacer —respondió ella con una sonrisa.

—Pues lo has conseguido.

Astrid se marchó. Henry giró la silla para contemplar la hermosa vista que se dominaba desde su despacho. Siempre había sido un poco solitario y esto le había gustado, pero tener alguien que trabajara para él... Decidió que Astrid era como si fuera su mayordomo.

En realidad, no. Jamás se había fijado nunca en las piernas de Hammond. No obstante, tenía que tener muy presente que Astrid trabajaba para él. La aventura que su madre tuvo con su productor musical había conducido al final de su carrera como cantante y al nacimiento de Henry. Algunas veces, él se preguntaba si su madre se arrepentía alguna vez de todo aquello, a pesar de que nunca había comentado nada.

Apartó aquel pensamiento. Estaban en un nuevo siglo. Las actitudes de las personas eran diferentes a lo que lo habían sido en los años setenta, pero quería evitar que Astrid se sintiera incómoda en el despacho con él.

Al mismo tiempo, sabía que no iba a poder resistirse a la atracción que sentía por Astrid y que terminaría tomándola entre sus brazos antes de que pasara mucho tiempo para descubrir cómo sabía aquella atractiva boca.

Su teléfono comenzó a sonar. Lo contestó enseguida.

—Devonshire.

—Henry, soy tu madre.

—Hola, mamá. ¿Qué ocurre?

—Necesito que me hagas un favor —respondió Tiffany Malone-Ferguson—. ¿Conoces a alguien en Channel Four?

Henry conocía a algunas personas del canal de televisión. Se temía que aquello tenía que ver con otro intento por parte de su madre para recuperar la atención de los focos. Cuando los cantantes y los famosos de los años setenta y ochenta empezaron a aparecer en programas de televisión en aquel canal, su madre se volvió loca.

—He hablado con todos los que conozco en más de una ocasión.

—¿Te importaría volver a intentarlo? Gordon me sugirió que podría empezar un programa como ése de los Estados Unidos que se llama *El soltero*, pero para jugadores de rugby. Conozco el estilo de vida y ciertamente podría ayudar a encontrar chicas adecuadas y no esas desvergonzadas que aparecen en los periódicos sensacionalistas.

La idea no era mala. Henry tomó notas y le hizo alguna pregunta más.

–Veré lo que puedo hacer –concluyó.

–Eres el mejor, Henry. Te quiero.

–Yo también te quiero, mamá –respondió él antes de colgar el teléfono.

Aún tenía el móvil en la mano cuando alguien se aclaró la garganta. Levantó la mirada y vio que Astrid estaba en la puerta.

–¿Sí?

–Necesito su firma en estos formularios. Roger McMillan, el finalista de un concurso de talentos, dejó esta maqueta con una nota en la que dice que van a tocar esta noche. Voy a necesitar que me dé un poco más de información sobre Steph –dijo ella. Tenía un montón de papeles en la mano.

Henry le indicó que pasara.

–También el director de la asesoría jurídica quiere reunirse con usted para discutir ciertos procedimientos contractuales. Sé que dijo que íbamos a trabajar desde el despacho que tiene en Bromley, pero el personal de dirección me ha preguntado lo que tendrá que hacer para concertar reuniones con usted. ¿Quiere que las dirija desde el despacho que tiene en su casa?

Henry se reclinó en la silla.

–No. Creo que es mejor que establezcamos un día a la semana para celebrar reuniones en el despacho. Tengo seis reuniones mañana, ¿verdad?

–Sí, señor.

–Pues organícelas todas para mañana –le ordenó. Había aprendido en el deporte que, si no trataba de conseguir sus objetivos, no los conseguía nunca. El trabajo en equipo era fundamental para poder ganar–. Astrid, tráeme los archivos de personal sobre todos los empleados. Después de que yo los haya repasado, puedes programar las reuniones. ¿Tiene alguien algo que sea urgente?

–Sólo los del departamento de asesoría legal y los de contabilidad. Antes de que pueda firmar este contrato, deben añadirlo a usted a las firmas autorizadas.

–¿Tiene el formulario correspondiente?

–Lo tiene en la parte inferior del montón de papeles que le he entregado. Cuando lo haya firmado, yo lo llevaré a contabilidad.

Henry sacó el papel del montón y lo firmó. Había otra serie de formularios que tenía que firmar. Astrid los había preparado con su nombre y le había marcado los lugares en los que debía firmar.

–Gracias, Astrid –le dijo mientras se los entregaba–. Eres una ayudante muy eficiente. Estoy seguro de que Daniel sintió mucho perderte.

Astrid se sonrojó y apartó la mirada, pero no respondió.

–De nada, señor. ¿Desea algo más antes de que me vaya?

Henry le miró la boca durante un instante. Sabía que la obsesión que tenía con los labios de Astrid iba a meterle en un buen lío. En lo único en lo que podía pensar era en saborearlos.

Capítulo Dos

Astrid esperaba que a Henry jamás se le ocurriera llamar a Daniel para averiguar por qué había dejado su último empleo. A pesar de lo unidos que habían estado Daniel y ella durante su relación, sabía que él no proporcionaría buenas referencias sobre ella. Lo había dejado muy claro.

Al final, había estado muchos días de baja por enfermedad. Daniel no había sido muy comprensivo... Se abrazó con fuerza y trató de mantener el pasado en el lugar que le pertenecía.

Se pasó el resto del día tratando de mantenerse centrada en su trabajo. Sin embargo, Henry parecía necesitarla en su despacho con mucha frecuencia mientras se aclimataba a su nuevo ambiente de trabajo. Y Astrid se encontraba hipnotizada por su presencia.

Henry era divertido e inteligente. Sin embargo, hasta el flirteo más inocente resultaba peligroso. ¿Acaso no lo había aprendido con mucho sufrimiento?

Se dirigió al departamento de asesoría legal y dejó los papeles que Henry había firmado con la secretaria correspondiente. Cuando regresó al despacho de Henry, estaba vacío. Se había asomado para ver si él necesitaba algo. Había escuchado unas cuantas canciones que Steph Cordo había preparado y, además, había escuchado el programa de radio de la mañana. Una de las cosas que había aprendido con Daniel era a estar al día con los cantantes y grupos que la discográfica quería fichar. Por lo tanto, Steph sería uno de los muchos nuevos cantantes a los que estaría siguiendo. Además, le ayudaría a saber lo que le gustaba a Henry.

Él entró en el despacho unos minutos más tarde con otros tres hombres. Astrid no conocía a ninguno de ellos. Henry los hizo entrar a su despacho.

—No me pases ninguna llamada —dijo.

—Por supuesto, señor. ¿Puedo hablar con usted un momento?

—¿Qué es lo que ocurre?

—Esos hombres no están en su agenda. ¿Acaso no quiere que concierte sus citas?

—Oh, por supuesto que sí. Simplemente no estoy acostumbrado a tener una ayudante.

—Está bien. ¿Va a necesitar algo en la próxima media hora?

—Es un periodo de tiempo bastante concreto.

—Lo siento. Me gustaría ir a almorzar. Mi hermana acaba de llamar y me ha dicho que podríamos comer juntas —aclaró Astrid.

—Vete. Estaré reunido al menos por ese tiempo.

—¿Quiere que le traiga algo?

—No. He quedado con mis hermanastros. Aún me suena raro al pronunciarlo.

—Había oído que se habían reunido últimamente.

—¿Dónde lo has oído?

–Bueno… en realidad lo he leído en la revista *Hello!* –dijo ella. Se negaba a sentirse avergonzada por ello. Las revistas del corazón eran una fuente de información para las personas que se dedicaban al mundo del espectáculo. Daniel solía hacerle que buscara artículos de los artistas que ellos representaban para poder comprobar la popularidad que tenían.

–¿Revistas de cotilleo?

Astrid arqueó una ceja.

–¿Y cómo si no hubiera podido enterarme yo de que se había reunido con ellos? No nos movemos exactamente en los mismos círculos.

Henry se frotó la nunca.

–Conozco la sensación. Ellos tampoco forman parte de mis conocidos. Bien, antes de que te vayas a almorzar, ¿te importaría llamar a Marcus Wills en mi nombre? Debía reunirme con él para tomar una copa, pero no creo que tenga tiempo después de reunirme con mis hermanastros.

–No hay problema. ¿Tiene su número a mano? Aún no tengo su archivo de contactos.

–Te lo enviaré en un correo.

–Estupendo. Me ocuparé de ello.

Henry asintió y se marchó. Astrid no pudo evitar admirarle el trasero. Él se detuvo en el umbral y miró por encima del hombro. Ella se sonrojó cuando, por el modo en el que Henry sonreía, quedaba muy claro lo que ella estaba pensando.

–Supongo que, aunque ya no juega, sigue haciendo ejercicio.

–¿No tenía la revista *Hello!* la exclusiva sobre mi visita al gimnasio?

–No. Esperaba ganar un poco vendiéndoles la exclusiva.

Henry soltó una carcajada. Astrid no pudo evitar reírse con él. Henry era divertido y después del sufrimiento que ella había tenido que soportar durante el año anterior, diversión era precisamente lo que necesitaba.

Con eso, Henry regresó a su despacho y Astrid realizó la llamada que él le había pedido antes de marcharse a almorzar con su hermana Bethann.

Bethann estaba sentada al sol en uno de los bancos que alineaban el paseo que discurría a lo largo del Támesis, exactamente el mismo lugar en el que Astrid se había reunido con Daniel anteriormente. Al ver a su hermana, levantó la mano y la saludó.

Astrid le dio un fuerte abrazo.

–¿Cómo te va en tu nuevo trabajo? –le preguntó Bethann.

–Bien. Creo que trabajar para Henry va a ser justamente lo que necesito. Está centrado en contratar nuevos valores.

Bethann le entregó un bocadillo.

–Ten cuidado de todos modos.

Astrid sacudió la cabeza. No importaba que las dos fueran ya unas mujeres adultas. Bethann aún seguía considerándola como una hermana pequeña a la que necesitaba cuidar.

–Te aseguro que soy muy consciente de ello. Sólo quería decir... No importa.

Bethann extendió una mano y se la colocó sobre los hombros.

–Te quiero mucho, cariño. No te quiero ver sufrir otra vez.

–Te aseguro que no lo verás –respondió Astrid.

Efectivamente, cuando Daniel la despidió, decidió que no dejaría que la volvieran a utilizar. Ningún hombre. Sin embargo, eso no significaba que no pudiera disfrutar trabajando con Henry.

Considerando que Henry, Geoff y Steve eran todos hijos del mismo padre, no tenían mucho en común. Seguramente, la razón eran las madres. Las tres eran mujeres muy diferentes.

Malcolm había jugado casi al mismo tiempo con todas ellas. Los reporteros lo habían fotografiado saliendo de las casas de las tres y, por comentarios que su madre había realizado, Henry sabía que a ella le había dolido mucho verlo con sus otras amantes.

Tiffany había sufrido un cambio total de la seguridad que tenía en sí misma en los seis últimos meses del embarazo de Henry. Ya no era la vibrante cantante irlandesa que había sido capaz de derretir el corazón de los hombres. Se había vuelto desconfiada de los cumplidos y había empezado a dudar de sus propias habilidades como cantante.

Los paparazzi siguieron acosándola incluso después de romper con Malcolm. En los años posteriores, encontró la felicidad con Gordon, una clase de amor que jamás había experimentado con Malcolm. Ella había dicho que su amor con Malcolm se había consumido muy rápidamente, mientras que el de Gordon ardía con mayor lentitud. Como sólo era un adolescente, Henry no había comprendido lo que su madre quería decir, pero, como hombre, había empezado a entenderlo.

Era muy consciente de que los paparazzi estaban dándose un festín al ver a los tres hermanos juntos. Por eso, habían elegido reunirse en el Athenaeum Club en vez de en un restaurante o pub. De joven, Henry había aprendido que ignorarles y seguir con su vida era el único modo de ser feliz y la felicidad era una de las principales preocupaciones para él.

Vio a Geoff sentado en un taburete que había junto a una mesa en la parte trasera del establecimiento y asintió a modo de saludo. Mientras avanzaba por la sala, se vio detenido en varias ocasiones por sus admiradores de sus días como jugador de rugby, a los que estrechó la mano y firmó varios autógrafos. Su padrastro siempre le había dicho que los jugadores jamás debían olvidar que, sin los fans, los jugadores seguían en un campo de barrio, jugando para divertirse en vez de para ganar dinero.

Efectivamente, los admiradores de Henry lo habían convertido en un hombre muy rico.

Geoff estaba hablando por teléfono, por lo que Henry se tomó su tiempo para atender a sus fans. Cuando miró de nuevo a su hermanastro, éste seguía hablando por teléfono, pero le hizo una señal para que se acercara y le indicó que no tardaría mucho más. Henry decidió acercarse a la barra y pedir una cerveza. No le hacía mucha gracia aquella reunión para conocer mejor a sus hermanastros, pero tanto Geoff como Steve se habían mostrado plenamente a favor, por lo que no le había quedado más remedio que ceder.

Tomó su cerveza y se dirigió a la mesa a la que Geoff estaba sentado. Al llegar, su hermanastro terminó su llamada, se puso de pie y estrechó la mano de Henry.

—¿Dónde está Steven?

—Su secretaria me ha llamado y me ha dicho que hoy va un poco retrasado.

—Yo no me puedo quedar mucho tiempo. Tengo cosas de las que ocuparme antes de ir a recorrer las salas de conciertos. ¿Te ha gustado tu primer día?

—Seguramente casi tanto como a ti. La línea aérea es una máquina muy bien engrasada y yo creo que deberíamos mostrar grandes beneficios durante el tiempo que marca el testamento.

Henry se dio cuenta de que Geoff esperaba ganar. Probablemente, al ser el mayor, debería heredar el Everest Group en su totalidad, pero Henry no estaba dispuesto a ceder ni a rendirse. Sólo tenía que contratar a un grupo musical de gran éxito para superar el rendimiento de la línea aérea de Geoff. Además, Henry estaba completamente decidido a asegurarse de que así era.

—¿Cómo va la discográfica?

—Bien. Todo está bien organizado y tengo un equipo muy competente.

—Siempre he oído que te gustaba jugar en equipo.

—Me ha servido muy bien toda mi vida.

—Me alegra oírlo.

Henry sabía que tanto Steven como Geoff eran hombres muy solitarios. La madre de Steven tenía una gemela y, según los periodistas, estaba muy unida a su familia.

Su teléfono móvil lanzó un sonido. Miró la pantalla y vio que era un mensaje de Astrid. Lo leyó rápidamente y volvió a centrar su atención en su Guinness. Geoff y él estuvieron hablando sobre deportes y Henry no tardó en darse cuenta de que Geoff estaba muy incómodo a su lado.

Geoff había crecido siendo el centro de atención de la prensa como miembro de la familia real. Henry se preguntó si el hecho de que él fuera un deportista le molestaba. El rugby, a pesar de ser un deporte muy físico, era practicado por miembros de la clase media y alta.

–¿Ves mucho a tu madre?

–Suelo almorzar todos los domingos con ella.

–Muy bien. Mi prima Suzanne es una gran admiradora...

–¿Le gustaría tener un autógrafo o incluso tener la oportunidad de conocer a mi madre? –preguntó Henry. Para él, su madre era sólo su madre, pero era consciente de que, para otras personas, ella era una cantante muy famosa. A pesar del hecho de que no había tenido ningún éxito desde hacía ya quince años, seguía siendo muy popular. Tiffany no podía andar por la calle sin que la reconocieran.

Geoff se echó a reír.

–Creo que se conformaría con un autógrafo.

–Lo tendré en cuenta.

Steven se presentó unos minutos mas tarde.

–Hay una chica en la mesa de la recepción preguntando por ti, Henry.

–¿Una chica?

–Astrid no sé qué. Les dije que te informaría.

–Gracias. Supongo que eso significa que tengo que ir.

–¿Sí? –preguntó Geoff–. ¿Y quién es?

–Es mi asistente personal, Astrid Taylor.

Steven hizo un gesto y pidió una bebida. Geoff se frotó la parte posterior del cuello.

–¿Solía trabajar para Daniel Martin?

–Sí, creo que sí. ¿Por qué?

–Recuerdo haber leído algo sobre ello en el periódico financiero. Ella los demandó porque no le dieron una compensación por despido adecuada. Ten cuidado.

–Siempre lo tengo –afirmó Henry–. Te aseguro que sé muy bien cómo construir un equipo ganador.

–Supongo. ¿Tienes tiempo para tomarte otra copa antes de ir a reunirte con esa mujer?

–Creo que no. Esta noche tenemos un par de reuniones. Agradezco mucho la información, Geoff. Tendré los ojos abiertos.

Geoff soltó una carcajada.

–Me parezco a mi hermana contándote chismes.

–¿Tienes hermanas? –preguntó Steve.

Henry soltó una carcajada. Siempre habían estado relacionados, en realidad, más bien sus nombres, desde el momento en el que nacieron. No obstante, eran verdaderos desconocidos.

–Yo tengo dos hermanos más pequeños –dijo Henry.

–Yo soy hijo único –comentó Steve–, pero ya podremos hablar de hermanos más adelante.

–No estoy seguro de que Malcolm no nos vaya a pedir algo más a alguno de nosotros –dijo Geoff.

–Estoy de acuerdo. De hecho, hasta me sorprende que haya tenido la moralidad suficiente como para ponerse en contacto con nosotros.

–Cierto –afirmó Geoff.

–A mí me importa un comino su legado –observó Steve–. Me he metido en esto por el dinero y por el desafío.

–Lo entiendo.

–Bien. Otra cosa. Creo que deberíais saber que se ha puesto en contacto conmigo una revista que se llama *Fashion Quarterly*.

–¿No es una revista femenina? –preguntó Henry. A su madre le gustaba mucho y la leía de principio a fin todos los meses.

–Así es. La editora jefe necesitaba que yo le hiciera un favor. La he ayudado a cambio de que me prometa que va a publicar algunos artículos sobre nosotros en la revista.

–¿Sobre nosotros? –preguntó Geoff–. Todo lo que hago tiene que pasar por la oficina de prensa real.

–En realidad, es sobre nuestras madres dado que se trata de una revista femenina, pero mencionarán nuestro cometido en Everest Group y nos harán publicidad a cada uno.

–A mi madre le encantará –dijo Henry.

–Yo no estoy seguro –afirmó Geoff.

–Sólo tienes que hablar con ella –replicó Steven–. Necesitamos la publicidad y ésta se enfocará desde el lado adecuado.

–Está bien. Contad conmigo. A mí no tenéis que convencerme –comentó Henry mientras miraba el reloj–. ¿Tenemos que hablar de algo más?

–Me gusta mucho tu idea de utilizar la línea aérea para promocionar las cubiertas de los discos –le dijo Geoff–. Te llamaré mañana o pasado mañana para que reunamos un equipo para que desarrolle la idea.

–Estaré esperando tu llamada, Steven –contestó Henry–, tengo algunas ideas para que el Everest Mega Store promocione a mis artistas más desconocidos. ¿Tienes tiempo para reunirte conmigo esta semana?

–Claro que sí. Envíame un correo con las horas a las que estás disponible y veremos qué se puede hacer –replicó Steven–. Tengo que ir a Nueva York para ver cómo van las tiendas de los Estados Unidos.

–Por supuesto –dijo Henry–. ¿Vamos a volver a vernos la semana que tiene?

–Sí. Creo que es una buena idea –contestó Steven.

Henry se despidió de sus hermanos y se marchó del club. No le preocupaba Malcolm porque su padre era un desconocido para él, al igual que Steven y Geoff y era la clase de hombre que no se preocupaba por el futuro. Se preocuparía exclusivamente de lo que debía hacerlo.

En aquellos momentos, su prioridad era averiguar un poco más sobre Astrid y sobre su antiguo jefe.

La vio junto al guardarropa. Estaba hablando por su teléfono móvil. Al verlo, le saludó con la mano y sonrió.

Henry le devolvió la sonrisa pensando que poder charlar con su asistente iba a ser muy agradable.

Astrid colgó el teléfono en cuanto Henry se reunió con ella. Vestido de un modo casual, estaba muy guapo. Llevaba unos pantalones grises y una camisa, con un abrigo azul marino que hacía que sus ojos tuvieran más brillo. Mientras se acercaba a ella, la sonrió. Astrid permaneció allí durante un minuto sin decir anda.

El hecho de que Henry fuera uno de los jugadores de rugby que más le había gustado físicamente cuando era una adolescente no ayudaba a la situación. Así, le resultaba más difícil verlo como su jefe cuando no estaban en el despacho.

–Hola, Astrid. ¿Para qué me necesitabas?

–Una firma. Sin ella, no van a pagar a los empleados.

Astrid le entregó los papeles y él los firmó con una bonita rúbrica. Su firma tenía tanto estilo como él.

«Por el amor de Dios», pensó. ¡Se estaba enganchando a él! ¡A su jefe! Aquello tenía que terminar.

–Gracias.

–De nada. ¿Vas a volver al despacho ahora?

–No.

–¿Has cenado ya?

Astrid negó con la cabeza. No había tenido tiempo.

–¿Te apetece ir a tomar algo? –añadió él–. Yo tengo hambre.

–Me parece bien.

Henry y ella salieron juntos del club.

–¿Tienes coche?

–No, principalmente utilizo el transporte público. Las tasas por entrar en el centro de la ciudad y el precio de los aparcamientos son escandalosos.

–Tienes razón. Yo tengo que pagar una tasa para poder ir a mi casa...

–Bueno, estoy segura de que eso no ocurre con frecuencia. He oído que tú llegas a casa a altas horas de la mañana.

Henry se echó a reír.

–Es cierto, pero si me fuera a casa a una hora respetable, tendría que pagar.

–Ahora, con el trabajo, no te queda más remedio.

–Es cierto. ¿Y tú?

–¿Qué quieres decir? –preguntó Astrid.

–¿Te hace ser una mujer respetable este trabajo?

Astrid no tenía ni idea de qué intenciones tenía Henry con aquellas preguntas. El mozo de aparcamiento no tardó en aparecer con el coche de Henry, un Ferrari Enzo. Los dos tomaron asiento y él lo arrancó. Conducía con seguridad y habilidad, moviéndose entre el tráfico con facilidad. Astrid no podía evitar admirar el modo en el que él conducía. Estaba empezando a creer que había pocas cosas que Henry no hiciera bien.

–Por supuesto que sí.

–¿Y tu último trabajo, cuando estuviste trabajando para el grupo de Mo Rollins?

Astrid tuvo el presentimiento de que Henry había estado investigando su pasado. ¿Habría averiguado que tuvo una aventura con Daniel Martin? Antes de que aceptara el trabajo en Everest Records, Bethann le había sugerido que sería mejor que trabajara en otro campo, pero la industria discográfica era lo único que ella conocía.

—Me tomé ese trabajo muy en serio, Henry. Fui una buena empleada y apoyé a Daniel de todas las maneras posibles.

—Pero, a pesar de todo, él te dejó marchar.

—Tuve un problema de salud —dijo Astrid, con la esperanza de que aquello sirviera para concluir el tema.

Henry detuvo el coche en un semáforo. Estaban cerca de Kensington High Street. Astrid sabía que él pensaba ir a Roof Gardens, un club nocturno algo ecléctico que era propiedad de Richard Branson, aquella noche.

—¿Te parece bien Babylon para ir a cenar?

—Sí.

Astrid jamás había cenado en un restaurante tan afamado como aquél. Cuando estaba con Daniel, solían ir a lugares más económicos. Daniel sólo se gastaba el dinero con sus clientes.

Henry detuvo el coche junto a la puerta y salió. Astrid hizo lo mismo y, durante un instante, deseó haberse tomado su tiempo para vestirse de un modo diferente aquella mañana. Estaba empezando a darse cuenta de que Henry era diferente. Eso no significaba que fuera a tratarla mejor de lo que lo había hecho Daniel. Era un trabajo. «Nada más», pensó.

Aunque el hombre para el que trabajaba en aquellos momentos fuera mejor que su anterior jefe. Tenía que cambiar.

Se colocó la correa del enorme bolso que llevaba colgado y corrió hacia la acera, donde él la estaba esperando. Había algunos paparazzi junto a la puerta, que hicieron algunas fotos a Henry. Astrid dio un paso atrás para que lo pudieran fotografiar a él en solitario. Henry posó y habló con los fotógrafos. Entonces, firmó unos cuantos autógrafos antes de tomarle la mano a Astrid y tirar de ella hacia la entrada.

Astrid sabía que Henry no había terminado de interrogarla sobre su pasado. Decidió que, si jugaba bien sus cartas, podría mantenerlo alejado del tema al menos por aquella noche.

–¿Te ocurre eso a menudo? –le preguntó cuando llegaron al guardarropa del elegante restaurante.

Henry sonrió.

–Sí, pero estoy acostumbrado. Mi madre dice que estar bajo los focos forma parte de nuestras vidas. Yo crecí así. No los animo a nada, pero si quieren unas fotografías, se la doy.

–¿Y no te resulta molesto?

–Es mi vida. No lo pienso. Cuando era jugador, no me gustaba porque eran una distracción y algunos de los otros jugadores perdían la concentración por su culpa. Ahora, son lo que mantiene mi estilo de vida hacia delante.

–Eres un hombre muy inteligente.

Astrid había llegado a la conclusión de que la imagen del showman, del encantador playboy, que él proyectaba al mundo era tan sólo una de las muchas facetas de Henry Devonshire como hombre.

–Efectivamente. Por eso no voy a dejar que me distraigas del hecho de que aún no me has contado todo sobre tu último empleo.

Capítulo Tres

Astrid inclinó la cabeza hacia un lado y lo miró de un modo que dijo a Henry que iba a tener que ser mucho más sutil si quería descubrir algo más sobre su pasado. Henry asintió y la tomó del brazo para llevarla al lugar en el que les esperaba el maître. Instantes después, ya estaban sentados en una mesa para dos, que se encontraba en un rincón muy íntimo con una bonita vista. Entonces, Henry se dio cuenta de que no quería mirar a nadie que no fuera Astrid. Ella era una gran masa de contradicciones y lo fascinaba por ello.

–Creo que, en estos momentos, el panorama musical de Londres es muy interesante. Hay muchos cantantes y grupos que tocan en locales pequeños y que están pegando fuerte no sólo aquí, sino también en los Estados Unidos.

–¿Y están preparados para ello? –preguntó Henry.

–No estoy segura. Creo que algunos no están listos para saltar al otro lado del charco ni para asimilar la fama. El mercado de los Estados Unidos es bastante caprichoso.

–Es cierto. He estado tratando de prevenir a Steph de que saltar al estrellato allí puede significar una subida meteórica que puede verse seguida por un estrepitoso batacazo.

–Me alegro de que te hayas tomado tiempo para hablar con ella. Yo te puedo ayudar con eso. He escuchado su música y la maqueta que dejó Roger. Creo que conozco algunos locales que encajan con el estilo de música que estás buscando.

–¿Y qué estilo es ése?

–Algo con gancho, por supuesto. Algo pegadizo de lo que se acuerde la gente, pero también con un fondo que la haga especial.

Henry asintió. Astrid ciertamente sabía lo que él estaba buscando. Esto lo hizo sentirse incómodo. Le gustaba mostrarse como un hombre con el que resultaba fácil llevarse bien, pero en realidad mantenía siempre las distancias. La única mujer que podía afirmar que lo conocía bien era su madre. Y ella era, según todo el mundo la definiría, una mujer excéntrica.

Sin embargo, Astrid era diferente. Era tranquila y callada en ocasiones. Como en aquel momento.

–¿Cuánto tiempo trabajaste para el grupo de Mo Rollins y para Daniel Martin? –le preguntó Henry. Mo Rollins era un productor musical legendario que había creado su propia discográfica después de dejar Sony-BMG. Daniel Martin era uno de sus protegidos.

–Sólo dieciocho meses, pero, antes de eso, trabajé como asistente para uno de los ayudantes ejecutivos de Mo durante más de tres años.

–¿Y te gustó?

No tenía sentido que Astrid hubiera dejado un trabajo como aquél y que luego fuera a trabajar para él. Si quería trabajar en la industria musical, aquel trabajo era ideal para ella. Henry no hacía más que repetirse que no le preguntaba porque tuviera curiosidad sobre la mujer, sino porque necesitaba conocer su pasado porque ella formaba parte de su equipo. Si quería tener éxito, debía saberlo todo sobre cada uno de sus miembros.

–Me encantó –respondió ella dejando la copa de vino que les habían servido sobre la mesa.

Se inclinó sobre la mesa y colocó la mano sobre la de él. Astrid tenía las uñas bien pintadas y la piel muy suave. Como jugador de rugby, Henry siempre las había tenido callosas y duras, pero las de ella eran suaves y delicadas.

–Sé que quieres comprender por qué dejé un trabajo tan importante. Hay muchas cosas... Se trató de un tema de salud muy importante y no...

Se detuvo de repente. Los ojos se le habían llenado de lágrimas.

Henry giró la mano sobre la de ella y se la tomó con fuerza. Comprendía muy bien el tema de los secretos y de los asuntos personales. Podía esperar por el momento, pero no tardaría mucho en saberlo todo sobre los secretos de Astrid Taylor. Los de recursos humanos la habían analizado bien y no la habrían contratado si hubiera habido algo poco recomendable en su pasado.

–Muy bien. Esta noche vas a conocer a Steph Cordo. Parte de tus funciones será actuar como ayudante para mis artistas hasta que ellos contraten a su propio personal –dijo Henry.

–Bien. He hecho esa clase de trabajo antes. Puedo hacerlo.

–Ya sé que puedes, Astrid. Se te da muy bien lo que tienes que hacer.

Astrid se sonrojó.

–Mi hermana dice que es un don.

–¿De verdad? ¿Por qué?

–Bueno, creo que ser amable abre muchas puertas –dijo ella, con una sonrisa.

–Efectivamente.

Henry notó que aún tenía la mano de Astrid en la suya. Le acarició los nudillos con el pulgar y observó su rostro. Ella volvió a sonrojarse y luego retiró la mano. Se lamió los labios, que eran gruesos y jugosos. Movió la boca y Henry dedujo que ella estaba diciendo algo, pero no podía concentrarse en lo que decía ni aun queriendo hacerlo.

Lo único que podía hacer era observar cómo se movían. Mirar los blancos dientes y los rosados labios. Preguntarse qué sentiría si su boca entraba en contacto con la de ella.

–¿Henry?

–¿Humm?

–El camarero ha preguntado que si vamos a tomar postre –dijo ella.

–Lo siento. Estoy bien. ¿Y a ti te gustaría tomar algo, Astrid?

Ella negó con la cabeza, con lo que Henry pidió la cuenta. Astrid se excusó para ir al aseo.

Resultaba raro que su padre hubiera elegido aquel momento para ponerse en contacto con él, pero Henry pensó que el trabajo en Everest iba a ser un agradable desafío. Hacía mucho tiempo que había dejado de pensar en Malcolm como un pariente cualquiera. Él le había enviado regalos por su cumpleaños y por la Navidad a lo largo de los años, pero, en realidad, Henry no lo conocía. Siempre había sido un desconocido que entraba y salía de su vida sin que él se diera realmente cuenta.

Sin embargo, en aquellos momentos, Henry sentía necesidad de saber más sobre él. Malcolm tenía la llave del éxito futuro de su equipo por lo estipulado en el testamento.

Su Blackberry comenzó a sonar. Henry miró la pantalla. Tenía la costumbre de no hablar por su teléfono móvil cuando estaba con otra persona.

Alonzo, uno de los hombres a los que pagaba para que le informara de nuevos grupos, le envió un mensaje de texto. En él le decía que tenía un grupo que creía que Henry debería ver. Tocaba aquella misma noche en un club a pocas manzanas de distancia de donde estaban en aquellos momentos. Henry no dejaba nunca de pasar cualquier información que le diera. Tal vez por eso no había tenido ningún problema a la hora de pasar de jugador de rugby a empresario poco después de retirarse.

Vio que Astrid se dirigía hacia él y la observó. Se movía como lo hacían muchas mujeres cuando sabían que un hombre las estaba observando. Contoneaba lánguidamente las caderas con cada paso y los brazos se le movían a los lados.

—Me estás mirando, jefe.

—Eres una chica muy guapa, Astrid.

—Gracias. Creo.

—¿Crees?

—¿Es un cumplido de verdad o simplemente me estás haciendo la pelota para encargarme un cometido algo desagradable? –preguntó.

Henry negó con la cabeza y se puso de pie. Le colocó a Astrid la mano en la espalda y la hizo salir del restaurante. Sabía que ella no necesitaba que le pusiera la mano en ningún sitio para saber qué camino debía tomar, pero quería tocarla. Había algo... casi irresistible sobre ella.

–Era de verdad. Si te pido que hagas una tarea que encuentras desagradable, te aseguro que no estará oculta en algo agradable.

Ella se detuvo y lo miró. Henry se detuvo también. Sus rostros estaban muy juntos.

–¿Me lo prometes?

–Te lo prometo –respondió él. Antes de que pudiera decir nada más, el flash de una cámara lo cegó. Se volvió para mirar al fotógrafo, pero el hombre ya se estaba retirando.

Se reunieron con Roger McMillan, un amigo de Henry, en el primer club que entraron. El local estaba a rebosar, tal y como era de esperar, pero a ellos los llevaron inmediatamente a una zona VIP que estaba separada del resto por unos cordones de terciopelo.

Roger le estrechó la mano y le dijo algo, pero Astrid no pudo escucharlo por el ruido de la música. Se limitó a asentir. Se había excusado, pero Henry la agarró de la mano y la condujo a una mesa que había en la parte trasera.

Allí el ambiente era más tranquilo. Roger volvió a presentarse.

–Astrid Taylor –dijo ella.

–Es mi asistente. La llamarás todos los días a las diez para informarle de todos los nuevos grupos que hayas localizado.

–Entendido. Esta noche aquí no hay mucho, pero el DJ me ha hablado de un grupo nuevo muy bueno. Cuando se tome un descanso, va a venir a hablar con nosotros.

–Muy bien –dijo Henry.

–Voy a hacer mi ronda para ver si esta noche hay alguien aquí a quien debas conocer –comentó Roger.

Roger se excusó y abandonó la mesa. Astrid se dio cuenta de que Henry no se estaba tomando las cosas con calma, sino que iba a todo gas. Al contrario de Daniel, sabía delegar. Henry no quería llevarse todo el protagonismo.

–¿Por qué me estás mirando de ese modo? –le preguntó él.

–¿No vas a seguir a Roger o a enviarme a mí tras él?

–¿Y por qué iba a hacerlo? Roger sabe lo que se espera de él y no me va a defraudar.

–Esa clase de actitud es diferente...

Henry asintió.

–Todo lo que necesito saber de la vida lo aprendí en un campo de rugby.

–¿De verdad?

–Sí. Lo primero que aprendí es que, si no confías en tus compañeros de equipo, es que no confías en ti mismo. No se puede estar en todas partes. Por lo tanto, debes rodearte de personas que piensen como tú.

—La mayoría de la gente que hay en este negocio no piensa así. Siempre están tratando de hacerse sitio, de resaltar y de colocarse al frente de la línea. Cuando trabajaba para Daniel y Mo Rollins, siempre había un listado de llamadas que tenía que hacer sólo para asegurarse de que la gente estaba haciendo lo que se suponía que tenían que hacer.

Henry se acercó un poco más a ella.

—¿Es ésa una de las razones por las que te marchaste?

—No —respondió Astrid.

Henry le rodeó los hombros con un brazo y la estrechó hacia él.

—No puedo tener éxito si no conozco a todos los miembros de mi equipo. Sus fuerzas y sus debilidades.

—No tengo debilidades de mi pasado sobre las que debas preocuparte, Henry. Te aseguro que te estoy diciendo todo lo que necesitas saber sobre mí.

Henry le acarició el rostro con un dedo. Astrid se echó a temblar. Quería volver a reconstruir su vida y no podría hacerlo si no dejaba de desear a Henry.

—Deja que sea yo quien juzgue eso.

Sólo hicieron falta unos segundos para convencerla de que él no era el hombre de fácil trato que Henry quería que el mundo pensara que era. Henry Devonshire era un hombre acostumbrado a salirse con la suya y, en aquellos momentos, eso significaba que iba a intentar descubrir sus secretos.

Sus secretos.

Tenía tantos... Sabía que no iba a confiárselos a Henry Devonshire de ninguna manera. Los hombres la habían defraudado. Todos, a excepción de su padre. Sin embargo, los hombres, el hombre que había conocido desde que se marchó de su casa... Daniel Martin había terminado con su habilidad de confiar en los demás. Le había demostrado que no todos los hombres se merecían que confiara en ellos.

–Todavía no...

Henry asintió y se reclinó sobre su silla.

–No confías en mí.

–No te conozco –replicó ella. Era una lección que había aprendido muy bien. No todas las personas que conocía tenían los mismos sentimientos de lealtad hacia sus amigos que ella. Hasta que supiera qué clase de hombre era Henry, no pensaba confiar en él.

Cuando empezó su relación con Daniel, sabía que corría un riesgo comenzando una aventura con su jefe. Sin embargo, la excitación de enamorarse de alguien tan dinámico como Daniel la había cegado. Más que eso, había estado convencida de que Daniel también se estaba enamorando de ella. Este hecho hizo que el riesgo fuera más soportable... hasta que vio que Daniel la dejaba, embarazada de su hijo. Entonces, comprendió que su sentido de la lealtad era muy diferente al de él.

–Tienes razón –dijo Henry–. ¿Qué te parece este DJ?

–Está bien. Su sonido es muy funky y moderno, pero no tiene nada que lo haga destacar sobre cualquier otro.

–Estoy de acuerdo. Es uno más, pero tiene buen oído. Estamos buscando artistas que puedan resaltar de entre los demás, tanto si es despertando odios o pasiones. Lo que importa es que no pasen desapercibidos. Voy a hablar con él para ver si él tiene alguna información buena que darme.

Veinte minutos después, se marcharon a otro club en Notting Hill. Cherry Jam tenía un cierto parecido a los grupos de Nueva York. Astrid vio a dos conocidas y estuvo charlando con ellas mientras Henry charlaba sobre rugby con Stan Stubbing, un periodista de deportes de *The Guardian*.

Molly y Maggie Jones eran hermanas. Maggie, la mayor de las dos, tenía la edad de Astrid.

–¡Astrid! ¿Qué estás haciendo aquí?

–Trabajando. He venido a ver a los grupos.

–Vaya, pensaba que habías dejado de trabajar para ese productor musical –comentó Molly.

Astrid tragó saliva. Se había acostumbrado a las preguntas, pero jamás había conseguido encontrar una buena respuesta.

–Acabo de empezar a trabajar para Everest Records.

–Eso explica que estés aquí con Henry Devonshire. ¡Qué mono es!

–Es mi jefe –afirmó Astrid.

–Pues es muy mono de todos modos –señaló Maggie.

–Cierto. ¿Qué estáis bebiendo? –les preguntó a sus amigas.

–Martini. ¿Quieres uno?

–Me encantaría –respondió Astrid.

Molly fue a la barra a pedirle uno mientras Maggie

y Astrid buscaban un lugar en el que sentarse. Desgraciadamente, todas las mesas estaban ocupadas. Entonces, Astrid miró hacia la zona VIP, donde Henry tenía una mesa con Roger y una mujer que le resultaba muy familiar. En cuanto él vio que lo estaba mirando, la indicó que se acercara.

–Vete –le dijo Maggie.

–Podéis venir conmigo. A Henry no le importará.

–De acuerdo. Aquí viene Molly con tu copa.

Henry estaba sentado a la cabeza de la mesa. Roger estaba a un lado y la mujer al otro. Astrid tomó asiento al lado de la mujer. A continuación, la siguió Molly y Maggie se sentó al lado de Roger.

–Astrid, ésta es Steph Cordo. Steph, te presento a Astrid, mi asistente personal.

Astrid estrechó la mano de Steph. Ésta era mayor de lo que Astrid había esperado. La mayoría de las cantantes eran prácticamente adolescentes, pero Steph al menos tenía veinticinco años. Sus ojos delataban que había tenido muchas experiencias en la vida.

–Me alegro de conocerte.

–Lo mismo digo –dijo Steph.

–Éstas son mis amigas Maggie y Molly Jones –les informó Astrid a todos los presentes.

Cuando terminaron las presentaciones, Roger y Henry volvieron a hablar del negocio de la música. Astrid se giró a Steph.

–Mañana vamos a tener muchas cosas para que hagas. ¿Te lo ha dicho Henry?

–Sí. También me ha dicho que vas a preparar una aparición en el Everest Mega Store.

–¿Sí? Es decir, por supuesto que sí. Podemos hablar de eso mañana. ¿Cuándo es el mejor momento para hablar contigo?

–En cualquier momento menos por la tarde. Entonces, duermo.

Maggie se echó a reír.

–Ojalá tuviera yo ese horario.

Steph se sonrojó un poco.

–Siempre he sido un búho nocturno y, además, mi madre es enfermera. Ella solía trabajar por las noches cuando yo era pequeña... supongo que desarrollé muy temprano el hábito de esperar a que ella regresara a casa para hablar con ella.

–Durante un tiempo, mi padre trabajó por las noches antes de que se comprara sus propios taxis. Solíamos desayunar todas las mañanas antes de ir al colegio –comentó Astrid.

Su padre había sido taxista. Aún era dueño de un taxi, pero había contratado a otro hombre para que lo condujera cuando su salud comenzó a resentirse. Su madre había sido ama de casa mientras Bethann y ella eran niñas, pero luego había vuelto a la enseñanza.

–Yo también. Mis amigas siempre cenaban con sus padres, pero para nosotros era el desayuno.

–Lo mismo nos ocurría a nosotros. Cuando mi padre enfermó, seguimos manteniendo la tradición incluso cuando estaba en el hospital. Bethann y yo nos asegurábamos de verlo a la hora de desayunar.

–¿Por qué estuvo tu padre en el hospital?

–Tiene diabetes –dijo Astrid–. La ha tenido durante casi toda su vida, pero no le gusta comer bien.

–Mi madre se las habría hecho pasar canutas si él

hubiera sido uno de sus pacientes. No hace más que insistir en que no se puede descuidar la salud y yo he aprendido algunos de sus hábitos saludables –comentó Steph.

–Yo también. Creo que la salud de mi padre ha sido siempre tan mala, soy muy consciente de lo que como y del efecto que ello tiene sobre mi cuerpo. No quiero terminar como él si puedo evitarlo.

–¿Está mal? –preguntó Steph.

–Está en silla de ruedas –respondió Astrid.

–¿Cómo ha aceptado eso tu familia?

–Mi hermana y yo nos turnamos para ir a ayudar a nuestra madre. Y contribuimos para adaptar partes de la casa para que él pueda utilizar su silla de ruedas dentro. El vestíbulo y el pasillo eran tan estrechos...

–Te comprendo perfectamente. Mi madre siempre dice que este país va muy retrasado con respecto a la concienciación que las personas tienen de las minusvalías.

–Lo que ocurre es que, si mi padre hubiera comido mejor, tal vez no habría necesitado la silla de ruedas. No se puede asegurar, pero...

–Sé lo que quieres decir –afirmó Steph–. Uno tiene que hacer todo lo posible para evitar que algo así ocurra.

–Exactamente.

En aquel momento, Henry se volvió hacia ellas.

–¿Te está manteniendo Astrid entretenida, Steph?

–Mucho, me cae fenomenal. No se parece en nada a la clase de personas que uno se suele encontrar en esta industria.

–¿En qué sentido?

–Es una persona de verdad –aseguró Steph.

Astrid sonrió y se dio cuenta de que podría ser amiga de aquella mujer.

–Va a ser muy agradable trabajar para ti –dijo Astrid.

–Yo también lo creo –afirmó Steph.

La conversación se dirigió en otra dirección. Steph se volvió para hablar con Henry. Astrid estuvo charlando un poco con Maggie antes de que ésta y su hermana tuvieran que marcharse. Astrid las observó mientras se iban, lamentando que hubiera tenido que distanciarse de su antigua vida y de sus antiguas amistades cuando perdió su trabajo con Daniel. El hecho de estar embarazada y de tener las complicaciones que ella había tenido había terminado por completo con su vida nocturna. Entonces, el escándalo y los rumores sobre su despido y su relación con Daniel hicieron que sólo deseara esconderse. Y lo había hecho. Se recluyó en su casa y se aisló de sus amigos.

La necesidad de huir y de esconderse de todo el mundo significó que perdió una parte de su vida. Se juró que no lo volvería a hacer.

–Lo siento, Astrid. ¿Podrías dejarme salir? –le preguntó Steph.

–Por supuesto –contestó Astrid. Se levantó de la mesa y luego volvió a sentarse.

–Hasta ahora, la tarde ha sido muy productiva. Creo que he convencido a Steph para que firme con Everest Records. Se temía que nos centráramos sólo en los negocios y que no comprendiéramos su música.

–Me alegro. Me cae muy bien, pero te aseguro que no estaba tratando de convencerla de nada.

–Lo sé. Por eso ha salido bien. Creo que vas a ser un apoyo muy importante en mi equipo –dijo Henry.

Astrid sonrió y se sonrojó sabiendo que había hecho un buen trabajo. Sólo había sido eso. Nada más. Por supuesto que no había tenido nada que ver con el hecho de que él se hubiera reclinado sobre ella y le hubiera dedicado un cumplido.

–Quiero ir a un local más antes de dar por terminada la noche –dijo Henry–. ¿Te apuntas?

Astrid pensó en su vida después de Daniel. Interminables programas de televisión seguidos por una infusión de manzanilla y la cama a las once. Por primera vez desde que perdió a su bebé, se sintió viva. Realmente viva.

–Sí, claro.

–Estupendo. Vamos.

Estuvieron hablando un poco más sobre lo que él quería mientras se dirigían al siguiente local. Astrid puso mucha atención en lo que él le decía. A lo largo del resto de la velada, Henry no insistió más para descubrir por qué Astrid había dejado la productora de Mo Rollins y ella se alegró mucho.

No obstante, sabía que era un alivio temporal. Henry iba a tratar de encontrar respuestas a sus preguntas a cualquier precio. Simplemente, se estaba tomando su tiempo y dejando que pasara el tiempo hasta que ella se sintiera cómoda.

Astrid pensó que aún le faltaban semanas para poder hablar de Daniel y del hecho de que, a lo largo de los dieciocho meses que había durado su relación, ésta había pasado de lo profesional a lo personal. Todo cambió cuando se marcharon del tercer local que visitaron aquella noche.

Ella salió al frío aire de la noche y estuvo a punto de chocarse con un hombre alto, de anchos hombros.

–Lo siento –dijo. Entonces, levantó los ojos y se encontró con un rostro muy familiar.

–¿Astrid? ¿Qué estás haciendo aquí? –le preguntó Daniel.

–Trabajando –replicó ella.

–Para mí –dijo Henry. Se colocó al lado de Astrid y le agarró el codo con la mano para así apartarla de Daniel.

Capítulo Cuatro

A Henry no le gustó el modo en el que el otro hombre estaba mirando a Astrid. No era el modo en el que debía mirarla un antiguo jefe. A lo largo de aquel día, Henry había empezado a pensar en ella como de su propiedad. No de un modo sexual... Bueno, al menos no completamente. La gélida expresión del rostro de Astrid le decía muy claramente que aquel hombre no era amigo suyo.

–Henry Devonshire –dijo él extendiendo la mano.

–Daniel Martin.

De repente, Henry comprendió muchas cosas. El antiguo jefe de Astrid era mucho más que su jefe. No era de extrañar que ella se hubiera mostrado reacia a hablar de él.

–He oído hablar mucho sobre usted.

–También sobre usted. Steph Cordo ha sido una suerte para usted. Muchos productores sienten envidia de no haber podido contratarla.

Henry sonrió afablemente. Sabía muy bien que debía ocultar lo que realmente sentía sobre los demás. No le gustaba Daniel Martin.

–Henry tiene buen ojo para ver el talento.

–Esperemos que también lo tenga para distinguir a los que no lo tienen –le espetó Daniel.

Astrid se quedó pálida y se abrazó con fuerza a su bolso como para protegerse.

–Siempre he sabido cómo construir un equipo ganador. Ahí está nuestro coche. Buenas noches, Daniel.

Daniel asintió y Henry condujo a Astrid al lugar donde su coche estaba esperando. Ella estaba sumida en un silencio absoluto para ser tan habladora y descarada. ¿Era la chica que había conocido hasta entonces tan sólo una fachada y era aquella introspectiva mujer la verdadera Astrid?

–Daniel fue la razón por la que abandonaste tu antiguo trabajo –dijo Henry–. ¿Cuánto tiempo estuvisteis juntos?

–¿Y qué te hace pensar que lo estuvimos?

Henry la miró de reojo.

–Los ex amantes no reaccionan de la misma manera que los ex jefes. ¿Cuánto tiempo estuvisteis juntos? –insistió.

–Demasiado. Yo... Normalmente no soy así. De verdad pensé que Daniel era un hombre muy diferente.

–¿Quieres hablar de ello? –preguntó Henry.

Astrid negó con la cabeza y apretó las manos con fuerza sobre el regazo. Henry decidió guardar silencio. Se limitó a seguir conduciendo. No sabía dónde vivía Astrid y no quería interrumpirla dado que parecía que iba a empezar a hablar de un momento a otro.

–Yo siempre pensé... Bueno, eso ya no importa. ¿Adónde vamos ahora?

–A casa, pero necesito que me digas tu dirección.

–Puedes dejarme en la parada de metro más cercana.

–No, no puedo. A esta hora ya han dejado de funcionar.

Astrid miró el reloj y asintió.

–Tienes razón. Vivo en Woking.

Henry introdujo la dirección en su GPS y siguió las indicaciones que éste le iba dando.

–¿Te gusta el rugby? –le preguntó él para iniciar una conversación.

–Un poco –admitió ella, sonrojándose ligeramente. Henry vio el rubor que le cubría las mejillas porque se habían detenido en un semáforo–. Solía seguirlo cuando era joven.

–¿Qué equipos?

–Inglaterra, por supuesto, en el Seis Naciones.

–¿Has estado en algún partido?

–Unos pocos. Me gustaba mucho ir a los partidos en el Madejski Stadium para ver cómo jugaban los London Irish.

–¿Y por qué dejaste de hacerlo?

–Mi padre empezó a estar enfermo. Y eso era algo que siempre hacía con él.

–Tu familia debe de estar muy unida.

–¿Por qué dices eso?

–Has almorzado con tu hermana, ibas a ver los partidos de rugby con tu padre...

Astrid se encogió de hombros, algo que solía hacer cuando evadía responder una pregunta.

–Supongo que sí. ¿Y tú? Tu madre es Tiffany Malone. Eso tuvo que ser muy emocionante.

–Es mi madre –replicó él–. Estamos muy unidos,

en realidad. A ella le encantar ser madre y nos agobia un poco a todos con tantas atenciones.

Astrid volvió a sonreír.

—¿Eres un niño de mamá?

—¿Qué te parece a ti?

Astrid lo miró atentamente durante unos minutos. Se sentía más contenta. Poco a poco, Henry sintió que iba volviendo la Astrid que había conocido hasta entonces, no la desconocida que Daniel Martin había evocado.

—Yo creo que eres un hombre que sabe muy bien lo que quiere y que probablemente no necesita que nadie le dé su aprobación.

Henry asintió.

—Tienes razón. Ahora, ¿cuál es el tuyo?

Ella señaló un moderno bloque de pisos y Henry entró en el aparcamiento. En cuanto apagó el motor del coche, Astrid se dispuso a abrir la puerta, pero salió y se reunió a su lado justo cuando ella abandonaba el coche. Había empezado a lloviznar y la humedad hacía que se rizara aún más el cabello de Astrid.

Lo miró durante un instante mientras se mordía el labio inferior.

—Gracias por traerme a casa. Y por... bueno, por portarte tan bien con todo. Has conseguido que el hecho de volver a ver a Daniel sea casi soportable para mí.

—De nada —replicó Henry. Entonces, le agarró el codo y la condujo a la entrada del edificio.

—Bien, en ese caso, buenas noches.

—Buenas noches, Astrid —respondió él. Sin embargo, en vez de dejarla entrar en el edificio sin más, le tocó el rostro y bajó la cabeza para besarla.

***

Astrid se puso de puntillas para recibir el beso de Henry. Él no la abrazó. Se limitó a dejarle una mano en el rostro. Sus labios eran muy suaves y provocaban una lenta combustión en ella.

Sintió una oleada de sensaciones por todo el cuerpo, lo que la obligó a abrir la boca para suspirar. Saboreó el fresco aroma a menta de su boca antes de que la lengua acariciara la de ella. Se olvidó de todo.

La mano del rostro pasó a deslizarse hacia la nuca. Así, la sujetó firmemente y se hizo con el control completo del beso.

Astrid no pudo pensar. No quería hacerlo. Llevaba todo el día observando a Henry, preguntándose cómo sería estar entre sus brazos y, por fin, lo sabía. Intenso.

Su aroma era terrenal, masculino. La colonia que llevaba era cara y varonil, seguramente mezclada exclusivamente para él. Cerró los ojos para poder experimentar mejor las sensaciones.

Henry dio un paso atrás. Ella abrió los ojos y lo vio mirándola. Él no dijo nada. Simplemente le recorrió el labio inferior con el pulgar. Entonces, se alejó de ella.

–Buenas noches –dijo.

Astrid vio cómo regresaba a su coche, sin moverse. Entonces, abrió el portal y entró sin mirar atrás.

Existía un verdadero peligro de que pudiera enamorarse de Henry Devonshire, un hombre que no la miraría de un modo en absoluto diferente a como lo había hecho Daniel. ¿Cómo podía hacerlo? Su madre era una estrella del pop, su padre un empresario multimillonario. Ella, por su parte, era la hija de una maestra de escuela y de un taxista.

¿Cuándo iba a aprender? ¿Por qué sentía debilidad por los hombres que no eran...?

–Adecuados –dijo en voz alta.

Entró en su piso y se quitó los zapatos de una patada. Tardó quince minutos en prepararse para ir a la cama, pero cuando estuvo acostada no pudo conciliar el sueño. No hacía más que revivir no el encuentro con Daniel, tal y como había esperado, sino el beso de Henry.

Nunca antes la habían besado de aquel modo. Había sido demasiado intenso. El juramento que se había hecho a sí misma de no implicarse emocionalmente con hombres con los que trabajara pareció esfumarse en el aire.

Se quedó dormida. A la mañana siguiente se despertó muy temprano. Se vistió con un traje muy profesional que se había puesto para la entrevista que tuvo con Edmond, el asistente personal de Malcolm Devonshire. Aquel traje era su armadura cuando necesitaba ser profesional. Bethann la llamó, pero dejó que saltara el contestador porque su hermana siempre se daba cuenta de cuándo ocurría algo en la vida de Astrid. Su hermana mayor había sabido que su aventura con Daniel había salido mal sólo por el modo en el que ella la había saludado.

El metro iba muy lleno, lo normal para aquella hora de la mañana. Trató de centrarse en las tareas que la esperaban, pero no hacía más que pensar en lo que ocurriría cuando viera a Henry.

¿Cómo iba él a comportarse cuando la viera?

Su teléfono móvil volvió a sonar. Ella apretó el botón de silencio porque no quería hablar en público. Un minuto más tarde, recibió un mensaje instantáneo en su Smartphone. Como las dos hermanas tenían una Blackberry, podían utilizar el Messenger.

Bethann: Deja de ignorar mis llamadas.

Astrid: Voy en el Metro, Bethann. No puedo hablar en estos momentos.

Bethann: ¿Dónde estabas anoche?

Astrid: Trabajando.

Bethann: Anoche te dejé un mensaje de voz... Estoy preocupada por ti. Creo que deberías haber aceptado un trabajo en mi bufete.

Astrid ni siquiera había considerado seriamente trabajar con su hermana en el bufete en el que Bethann ejercía la abogacía. Adoraba a su hermana, pero ella era mandona y exigente. Si trabajaban juntas, seguramente Astrid perdería la paciencia y terminaría diciendo algo que hiriera los sentimientos de su hermana.

Astrid: Me gusta trabajar en la industria discográfica. Mi parada es la siguiente. Daniel se puso en contacto conmigo y me amenazó con decirle a Henry cosas horribles sobre mí.

Bethann: Voy a ponerme en contacto con su despacho hoy mismo. Presentamos cargos por despido improcedente.

Astrid: Lo sé, pero el hecho de que yo acepté las condiciones da la apariencia de que había algo entre nosotros.

Bethann: Y así era.

Astrid: Deja de portarte tan mal conmigo. Sólo necesito que me digas que todo va a salir bien y que el único error que cometí enamorándome de ese hombre no va a arruinar el resto de mi vida.

Bethann: Cariño, no digas cosas así. Ahora estás mucho mejor. Siento haber sido tan mandona.

Astrid: No pasa nada. Siento haberme puesto tan sensiblera.

Bethann: Que tengas un buen día, hermanita.

Astrid: Y tú también. Hablamos luego.

Cuando entró en su despacho, encontró tres correos electrónicos de Henry. En el último, le decía que iba a llegar al despacho algo más tarde.

Guardó su bolso y se puso a trabajar. Mientras lo hacía, decidió que había cometido errores con Daniel. Al principio, su relación había sido como la que tenía con Henry, por lo que Astrid tenía miedo de volver a repetir los mismos errores. Se negaba a que algo así volviera a ocurrir.

Sólo porque se pasaran ocho horas en la oficina y luego la mayoría de las noches juntos, no significaba que estuvieran haciéndose más íntimos. Tenía que recordar que la noche anterior Henry se había puesto muy contento porque ella lo había ayudado a convencer a Steph para que firmara con Everest Records.

Daniel también había estado contento con ella. Entonces, Astrid comenzó a enamorarse de él, o, más bien, dejó que él la sedujera. No podía volver a cometer el mismo error. Henry era su jefe y, a menos que quisiera regresar a Farnham con el rabo entre las piernas, necesitaba conseguir que aquel trabajo le saliera bien.

No iba a disfrutar de un final de cuento de hadas con Henry a pesar de que él fuera diferente de Daniel. Tenía que recordar que ella no era como las demás mujeres. Ya no. No tenía la opción de ser esposa y madre. Para ella, lo único era su profesión. O eso o nada.

Necesitaba mantener lo que se había jurado. Tenía que recordar que, si tenía que abandonar aquel trabajo, su única opción podría ser trabajar para su hermana.

No quería tener que volver a empezar. El único modo en el que podría mantener aquel trabajo era mostrarse firme consigo misma y centrarse lo mejor que pudiera.

Casi creyó que sería capaz de hacerlo. Que podría mantener lo que se había jurado... Hasta que Henry entró en el despacho.

—Buenos días, Astrid. ¿Tienes algún mensaje para mí?

Ella miró los hermosos ojos azules de Henry y se olvidó de lo que él le había pedido. De lo único que se acordaba era del beso de la noche anterior. De la suavidad de los firmes labios y del modo en el que le enredaba los dedos entre los rizos de la parte trasera de la cabeza.

—¿Astrid?

—Sí, Henry.

—¿Algún mensaje?

Ella le entregó los mensajes y se dio cuenta de que lo había vuelto a hacer. Había permitido que su atracción por un hombre interfiriera con su carrera profesional.

***

Henry miró el traje que Astrid llevaba puesto y se dio cuenta de que el hecho de haberla besado la noche anterior había sido un error. Sabía que tenía que retirarse. Tenía que darle espacio para que ella recuperara la confianza que había tenido el día anterior. Tendría que haberse imaginado que una mujer que había sufrido mucho por un romance de oficina no querría volver a hacer lo mismo con su nuevo jefe.

Sin embargo, la luz de la luna había sido demasiado sugerente... En realidad, la luz de la luna no había tenido nada que ver con que la hubiera besado. Había sido Astrid. Sus labios. Su cuerpo. Su sensual sonrisa. Eso era lo que lo había tentado. Eso y el hecho de que no le gustaba que Daniel Martin la hubiera tocado. Que el otro hombre, en el pasado, hubiera reclamado a Astrid como suya.

Henry era un competidor de primera clase. La necesidad de ganar iba grabada en su ser desde que era muy joven. Su madre a menudo había culpado a Malcolm del hecho de que Henry fuera tan competitivo, pero ella había sido igual de agresiva en lo referente a su carrera.

Alguien llamó a su puerta.

–Adelante.

–Henry, ha venido a verte Davis de contabilidad.

–Cierra la puerta, Astrid –dijo él.

Ella entró y cerró la puerta a sus espaldas.

–¿Sí?

–¿Tiene cita?

–No, pero dice que es urgente. Si quisieras verlo, dispones de diez minutos. Steph Cordo va a llegar dentro de veinte minutos y sé que quieres estar disponible cuando llegue.

Henry sonrió. Astrid era muy eficaz. La mejor asistente que podría haber tenido.

–Gracias. Cuando Steph llegue, acompáñala a la sala de juntas. Llevaremos allí a todas las personas con las que necesita hablar. También vendrá a verla Steven.

–¿Steven?

–Mi hermanastro. Vamos a preparar una actuación para Steph en el Everest Mega Store de Leicester Square.

–Buena idea. ¿Quieres que te avise si Davis no ha salido dentro de diez minutos?

–Eso sería estupendo.

Astrid se dio la vuelta para marcharse. Aunque Henry estaba tratando de pensar sólo en el trabajo, no pudo evitar fijarse en el modo en que la falda se le ceñía a las curvas del trasero.

–¿Henry?

Ella se había detenido en la puerta.

–Después de la cita de Steph, me gustaría disponer de cinco minutos de tu tiempo.

–¿Para qué?

–Ya hablaremos más tarde. No quiero quitarte tiempo ahora.

–Davis puede esperar. Dile que tendré tiempo para hablar con él mañana por la mañana y luego regresa aquí.

–En realidad...

–Me he decidido.

Astrid se marchó sin decir palabra. Por algo él era el jefe. Y le gustaba. Ella regresó al despacho menos de un minuto más tarde y cerró la puerta a sus espaldas. Sin embargo, permaneció junto al umbral.

–Siéntate.

Ella obedeció.

–¿En qué estás pensando?

–En anoche.

–¿Y?

Respiró profundamente y lo miró a los ojos. El respeto que Henry sintió hacia ella subió un poco más.

–Me gustas, Henry, pero este trabajo... Soy consciente de que ésta es probablemente mi última oportunidad para hacerme hueco en la industria de la música. No quiero estropearlo.

–¿Y qué tiene que ver con todo eso lo de anoche? Yo no soy Daniel Martin. Si te beso, no te voy a despedir.

–No me despidieron por mi aventura con Daniel. Él me mantuvo en mi puesto después de que terminara todo. No quiero que tengas una impresión equivocada de Daniel.

A Henry no le gustó el hecho de que ella defendiera al otro hombre.

–Entonces, ¿por qué?

–Me puse enferma. Tuve que estar mucho tiempo de baja. Fue entonces cuando me despidieron.

–¿Te resultó difícil trabajar con él cuando terminó vuestra relación? –preguntó Henry. Sabía que se estaba metiendo en un terreno muy personal. Sin embargo, no podía evitarlo. Quería saber más.

–No. Fue otra cosa. Pero me gustas tú y me gusta este trabajo. No quiero tomar otra decisión basada en la lujuria y los sentimientos y terminar lamentándolo.

–Entonces, ¿sientes lujuria hacia mí?

–Henry, por favor. Estoy tratando de hablar en serio.

–Lo siento, Astrid, pero tú has sacado el tema del sexo y soy un hombre. Eso significa que mi mente se bloquea automáticamente.

Astrid sonrió.

–Eres mucho más que un hombre obsesionado por el sexo. Por eso estoy hablando contigo. Sé que quieres ganar a tus hermanastros y creo que tenemos oportunidad de hacerlo, pero sólo si los dos nos concentramos en el trabajo.

–Es decir, que todo esto va en interés mío –dijo Henry.

–Bueno, para mí tampoco va a estar mal –admitió ella.

El respeto que sentía hacia Astrid se hizo aún mayor. Se dio cuenta de que ella no era la clase de mujer por la que siempre se había sentido atraído. Era directa y no miraba exclusivamente por sí misma. Esto le resultaba más que refrescante a Henry.

–Sólo quiero que los dos tengamos éxito –añadió.

Henry se puso de pie y se dirigió a la parte delantera de su escritorio. Entonces, se reclinó sobre el tablero para mirarla.

–Gracias, Astrid. Haré todo lo posible para controlar mis instintos más básicos, pero no sé si lo conseguiré.

–Y yo voy a seguir vistiéndome con mis trajes ultraprofesionales –comentó ella.

Henry se echó a reír. No era la ropa ni su sensual cuerpo lo que hacía que la deseara aunque, decididamente, representaban una parte fundamental. Se trataba más bien de la mujer que era ella, pero dudaba que decírselo sirviera de algo.

Tres semanas después de que empezara a trabajar para Everest Records, Astrid estaba sentada en su despacho a última hora de la tarde. Había estado hablando por teléfono con una serie de emisoras del Reino Unido y el resto de Europa para asegurarse de que todos habían recibido los paquetes que ella les había enviado sobre Steph.

Henry había estado saliendo él solo en las visitas nocturnas a salas de conciertos y ella estaba sola en su despacho.

–¿Otra vez trabajando hasta muy tarde?

Astrid levantó la mirada y lo vio en el umbral.

–Mi jefe es un verdadero comerciante de esclavos –replicó ella con una sonrisa.

–¿De verdad? Yo pensaba que se estaba relajando un poco. Que te estaba dando espacio y todo eso.

–¿Es eso lo que estás tratando de hacer?

–Creo que sí. Tú dijiste que querías hacer carrera en la industria de la música, por lo que te he estado presentando a todos los departamentos: marketing...

–Ha sido maravilloso.

–¿De verdad?

–Bueno, es diferente a lo que yo hacía con Daniel. Es decir, para él yo sólo era su ayudante, pero tú me estás dando mis propias responsabilidades. Y me gusta.

–Bien. En ese caso, tal vez puedas empezar a relajarte un poco aquí en el despacho.

–Ya lo he hecho –comentó Astrid. Estas palabras la sorprendieron hasta a ella misma. Había mantenido la guardia y había tratado de ver a Henry exclusivamente como a su jefe. Sin embargo, había un buen hombre tras el perfil de persona famosa.

–Bien –respondió él. Entonces, entró en su despacho.

Astrid permaneció allí sentada, tratando de no pensar demasiado en el hecho de que Henry la estaba tratando como a una empleada. Ni siquiera había tratado de besarla ni en una sola ocasión desde aquella noche en su piso. En realidad, eso era lo mejor, dado que Astrid no estaba interesada en él como hombre. Al menos, eso era lo que no dejaba de repetirse.

Astrid tomó prestado el coche de su hermana para aquella tarde. Lo dejó aparcado en la estación de Waterloo para que Henry pudiera dejarla allí si era necesario. No quería correr el riesgo de que él tuviera que llevara a su piso una vez más. Aquella noche, iban a visitar unos locales para ver a más grupos de música. Habían pasado semanas desde que ella habló con él en su despacho. No había vuelto a haber contacto físico entre ellos, pero, en ocasiones, le miraba los labios o la figura.

Astrid había empezado a desear haber mantenido la boca cerrada. Quería sentirse abrazada por Henry. Cada noche, en sueños, revivía aquel breve beso que él le había dado frente a su puerta. No iba a sufrir por él, pero una parte de ella, la parte que en ocasiones pensaba que no iba a tener nunca sentido común, seguía deseando a Henry. Tomó el metro hasta Covent Garden y se dirigió a Bungalow 8. El exclusivo local había negado la entrada incluso a personas famosas, por lo que Astrid se sintió un poco intimidada a la hora de acercarse al portero.

–¿Puedo ayudarla?

–Voy a reunirme con Henry Devonshire –dijo ella–. Mi nombre es Astrid Taylor.

–Por supuesto, señorita Taylor. El señor Devonshire ha pedido que se reúna usted con él en la sala VIP. La relaciones públicas la acompañará cuando esté dentro.

La música electrónica hacía vibrar su cuerpo mientras atravesaba el club en dirección a la zona VIP. Debería estar acostumbrándose a acostarse tarde por las noches, pero no era así. Cuando se acercó a la mesa de Henry, vio que estaba llena de gente. Ella era una de las quince personas que había utilizado el nombre de Henry para entrar aquella noche.

Él levantó la mirada cuando ella se acercó y le dedicó una sonrisa. Entonces, le indicó que se sentara. Astrid tomó asiento al lado de un hombre que había visto en televisión y de Lonnie, de Everest Group. Charló con el hombre hasta que él se marchó con tres mujeres. En ese momento, Henry le indicó que se sentara a su lado.

–¿Has estado escuchando a este grupo?

–Resulta difícil no hacerlo –respondió ella. La música resultaba atronadora, incluso en la zona VIP, lo que hacía que la conversación resultara imposible.

–¿Qué te parece?

Astrid cerró los ojos. Una de las primeras cosas de las que se había dado cuenta sobre la buena música era que tenía el poder de dejar en trance a una persona. Hacer que se olvidara de los problemas de la vida diaria. Ese grupo no despertaba ese sentimiento.

–Está bien.

–Pero no es nada especial.

–Exactamente. Tienen buenos músicos y creo que lo harán bien con un álbum, pero no creo que tengan la clase de sonido que pueda sostener una carrera más duradera.

–Bien. Me gusta tu instinto.

–Gracias.

–El siguiente grupo es que el que Roger me recomendó. Creo que te gustarán.

–¿Por qué? –preguntó. Quería saber lo que Henry pensaba que le gustaría y por qué. ¿De verdad la conocía? Llevaban trabajando juntos tan sólo unas pocas semanas aunque ella ya creía conocerlo bastante bien. Pasaban mucho tiempo juntos.

–Porque tienen un buen sonido con un ritmo pop, pero las letras tienen algo retro. Hablan de sentimientos verdaderos, algo que he notado que te gusta dado que he estado escuchando las maquetas de los grupos que quieres que yo contrate.

–Ya me he dado cuenta de que tú te fijabas en eso.

Efectivamente, durante las últimas semanas Henry había prestado mucha atención al trabajo de Astrid. Le había preguntado su opinión sobre los grupos y le había dado poder de decisión sobre contratar grupos para programas puntuales de radio. Principalmente, la trataba con respeto, con igualdad, y eso era precisamente lo que ella necesitaba.

–Bien. Quería que vieras que yo no soy Daniel.

–¿Por qué?

–Porque voy a volver a besarte, Astrid, y, en esta ocasión, no quiero que salgas corriendo.

Astrid se quedó asombrada por lo que él acababa de decir. No obstante, era humana. Resistirse a la tentación, especialmente a la del tipo que él le ofrecía, resultaba demasiado duro.

–No voy a cometer otro error –replicó ella. No estaba segura de si aquellas palabras iban dirigidas hacia ella o hacia Henry.

–Bien –susurró Henry. Entonces, metió la mano debajo de la mesa y agarró la de Astrid. La enorme mano hizo desaparecer por completo la de ella.

Anunciaron por megafonía al grupo que iba a tocar. XSU. Sonaban como un grupo universitario de los Estados Unidos. Los músicos iban, efectivamente, vestidos como si fueran estudiantes, con vaqueros y camisetas y parecían estar cantando frente a estudiantes universitarios en vez de en un club elitista y exclusivo de la ciudad de Londres.

Presentaron la primera canción y la música era disco, pero muy sensual y sugerente. El ritmo hizo que Astrid sintiera deseos de levantarse y bailar. Estaba golpeando el suelo con los pies y se dio cuenta de que Henry también se estaba moviendo. La pista de baile, que ya estaba a rebosar, tenía la apariencia de una marea en movimiento de cuerpos bailando al son de la música.

Henry tiró de la mano que aún tenía agarrada y la puso de pie. Estuvieron en un instante en medio de todos los que bailaban. El cuerpo de Henry se rozaba contra el de Astrid mientras bailaban. Cada contacto le recordaba que no había tenido mucho éxito a la hora de mantener la distancia entre ellos.

Astrid trató de mostrarse distante, impasible, pero no pudo conseguirlo. Deseaba a Henry. Aquella música le recordaba que había que vivir la vida, no esconderse de ella.

Dejó de pensar que tenía que ser profesional y simplemente se relajó. Se permitió ser ella misma. En ese momento, todo cambió. Miró a los ojos azules de Henry y vio más de lo que había pensado ver.

Supo que, a pesar de lo que pudiera ocurrir entre ellos, jamás se arrepentiría del tiempo que los dos pasaran juntos.

Capítulo Cinco

Cuando XSU empezó a tocar, algo cambió dentro de Astrid. Pareció recobrar la chispa de la vida mientras bailaba en la pista de baile. Henry deseó ser el único que disfrutara de la luz que emanaba de ella.

Mientras bailaban, le colocó una mano en la cadera. El cuerpo de Astrid rozaba el suyo, excitándolo con cada movimiento que hacía. Quería más. Quería que los senos de Astrid se apretaran contra su torso, poder sujetarle ambas caderas con las manos y sentir la boca de ella bajo la suya.

La música dejó de sonar, pero él apenas se dio cuenta. Todos los presentes comenzaron a aplaudir. De repente, Henry comprendió que había encontrado el primer grupo que contratar para Everest Records y que había utilizado un modo muy parecido al que había usado con Steph Cordo. Sin embargo, también había encontrado algo más.

Astrid lo observaba con aquellos enormes ojos castaños. Se inclinó hacia ella para besarla. No quería pensar ni en consecuencias ni en advertencias. No pensó en las ganancias ni en el negocio, sino sólo en aquella mujer, que era la tentación reencarnada. Se sintió cansado de negarse a sí mismo.

Le resultaba difícil separarse de su boca. Las últimas tres semanas habían sido demasiado largas en lo que se refería a su cuerpo. Entonces, ella le colocó las manos sobre los hombros y se puso de puntillas para profundizar el beso.

La gente comenzó a bailar a su alrededor mientras el grupo comenzaba de nuevo a tocar. Sin embargo, Henry se sintió como si Astrid y él estuvieran solos. El sabor de su boca era dulce, un sabor único que sólo le habría podido pertenecer a ella. Cuando levantó la cabeza, Astrid le hundió los dedos en el cabello e hizo que sus bocas volvieran a juntarse.

Mientras lo besaba, ella suspiró.

–Me moría de ganas porque volvieras a besarme.

Henry le agarró la mano y la sacó de la pista de baile.

–¿De verdad?

–Sí. Estoy cansada de fingir que no te deseo, pero eso no significa que crea que está bien. Ya te has dado cuenta de que mi relación con Daniel complicó mi trabajo. No puedo consentir que eso vuelva a ocurrir.

–¿Qué puedo decir para que cambies de opinión?

–No estoy segura... No estoy diciendo que no te desee, sino que no estoy segura de que empezar una relación contigo sea bueno para mí.

–Ya lo resolveremos –replicó Henry–. Ahora, quiero ir a hablar con el grupo. ¿Quieres acompañarme?

Astrid asintió. Henry no le soltó la mano. Ya no sentía que ella fuera simplemente su ayudante. Por fin sabía que ella era suya. Le gustaba. Necesitaba hacerle el amor antes de que sintiera de verdad que ella le pertenecía.

Los miembros del grupo tenían unas cuantas mujeres rodeándolos cuando ellos se acercaron. Henry utilizó su fama para poder acercarse a ellos. Se dirigió al portero que protegía la zona del escenario y que estaba diciendo que se marcharan a un montón de admiradoras algo escasas de ropa.

–Me llamo Henry Devonshire. Me gustaría hablar con XSU.

–Por supuesto, señor –dijo el portero. Lo había reconocido inmediatamente. Se hizo a un lado para franquearles el paso.

–Henry Devonshire –repitió él cuando se acercó al cantante.

–Angus McNeill –replicó el joven al tiempo que estrechaba la mano de Henry.

–Me gusta el sonido de tu grupo.

–Gracias, tío. Llevamos tiempo experimentando con muchas influencias diferentes y no estoy seguro de que hayamos conseguido el sonido que buscamos.

–Me gustaría hablar contigo respecto a eso. En estos momentos, estoy a cargo de Everest Records. ¿Tenéis mánager?

–Sí. B&B Management.

–No he oído hablar de ellos –dijo Henry. Miró a Astrid para ver si a ella le sonaba, pero la joven negó con la cabeza.

–En realidad, se trata de mi hermano mayor y uno de sus colegas –admitió Angus–. Nadie quería hablar con nosotros a menos que tuviéramos mánager, así que Bryan se fue a la biblioteca, sacó unos libros y... No creo que quieras escuchar todo esto, tío.

–Claro que sí, Angus –dijo Astrid dando un paso

al frente–. En Everest nos interesa todo lo que tenga que ver con los artistas que contratamos.

–Por eso estamos aquí –añadió Henry–. ¿Tenéis que volver a tocar o podéis venir conmigo a hablar?

Todos los miembros de la banda comenzaron a intercambiar miradas. Henry decidió que debería dejarlos hablar a solas.

–Aquí tenéis mi tarjeta. Voy a estar por aquí una hora más o menos. Si tenéis tiempo para hablar esta noche, bien. Si no, no hay problema. Llamadme mañana y organizaremos algo.

Astrid y él regresaron a la zona VIP. Sin embargo, Henry se sentía inquieto. No quería sentarse a esperar. Pidió una copa para los dos. Entonces, Astrid le puso la mano sobre la suya.

–Puedo oír la electricidad restallando a tu alrededor. ¿En qué estás pensando?

A Henry no le gustaba compartir sus sentimientos más íntimos, por lo que guardó silencio hasta que se dio cuenta de que Astrid podría proporcionarle la distracción que necesitaba.

–Aún no me has contado tus secretos.

–Bueno, eso tendrá que esperar para otra ocasión. Un ruidoso club nocturno no es el lugar adecuado para una conversación íntima.

–No estoy de acuerdo. Éste es el lugar perfecto. Hay cierta sensación de anonimato estando aquí. El sonido de fondo evita que los demás se enteren de lo que estás hablando.

Astrid inclinó la cabeza a un lado y luego hacia delante, de manera que las narices de ambos estuvieron a punto de tocarse.

–No impediría que tú me escucharas.

Henry arqueó una ceja.

–Bien. En ese caso, cuéntame tus secretos, Astrid.

Ella negó con la cabeza.

–No, a menos que tú me cuentes los tuyos y no estoy hablando de las cosas de las que yo me puedo enterar en el *Hello!*, sino de los verdaderos secretos de Henry. ¿Por qué estás tan inquieto en estos momentos?

Henry no quería compartir eso con ella. No le gustaba que nadie supiera los impulsos que lo habían empujado siempre: la necesidad de inmediatez en todas las áreas de su vida.

Astrid estaba prácticamente embriagada del nuevo sentido que le había dado a su propio ser. Siempre había dejado que los hombres de su vida... bueno, que Daniel marcara el paso en su relación. Sabía que para tener alguna oportunidad de conseguir que una posible relación con Henry funcionara, necesitaba cambiar.

En vez de centrarse en ocultar sus propios secretos, quería conocer los de él. ¿Qué era lo que había convertido a Henry en el hombre que era?

Él le rodeó los hombros con un brazo y la estrechó contra su cuerpo.

–No estoy inquieto. Quiero estar a solas contigo para que podamos terminar lo que empezamos en la pista de baile.

Astrid se echó a temblar al escuchar aquellas palabras. El cálido aliento de Henry le provocaba impulsos eléctricos que iban recorriéndole todo el cuerpo. Ella también lo deseaba.

Esto le daba miedo. Podía enfrentarse a la lujuria, pero le daba la sensación de que aquello era mucho más que lujuria. Le gustaba Henry. Le gustaba el hombre que él era. Y esto le daba miedo. Pensaba que él era diferente, pero no había ninguna garantía de que una posible relación entre ellos pudiera durar más de unos pocos meses.

–¿A qué viene esa mirada? –le preguntó ella.

–Tengo miedo de meterme demasiado hondo –dijo ella.

–Durante mi primer año como profesional, estuve constantemente asustado. Mi padrastro era el entrenador y yo sabía que, si lo fastidiaba, él no me lo perdonaría. Durante los primeros tres partidos, jugué con miedo. Entonces, uno de mis compañeros me dijo que había oído que yo era muy bueno, pero que parecía que sólo había sido una exageración.

–¡Qué amable!

Henry se encogió de hombros.

–Yo me estaba dejando vencer por la presión. Por ello, tomé la decisión de que iba a jugar por mí mismo. Ni por Gordon ni por los espectadores. Sólo por mí mismo.

–¿Y funcionó eso?

–Sí. Mi juego empezó a mejorar y terminaron haciéndome capitán.

–Bien hecho.

–Fuera del terreno de juego, he utilizado la misma teoría. Vivo la vida según mis condiciones.

–Yo estoy tratando de hacer lo mismo, pero siempre está el temor de...

–Deja de preocuparte, Astrid.

Henry miró por encima del hombro de Astrid y vio que había otra persona. Un joven alto, con el cabello tan largo que le llegaba hasta los hombros.

–Mi nombre es Bryan Monroe. Soy el representante de XSU.

–Me alegro de conocerte. Ésta es Astrid, mi ayudante. ¿Te gustaría sentarte y tomarte una copa con nosotros?

–Me encantaría.

Astrid se sentó y se limitó a observar cómo actuaba Henry. Sobre la mesa, siempre tenía un vaso de agua con gas. Nunca bebía durante las largas noches que pasaban en los clubes. Además, tenía una ética de trabajo que dejaba a cualquiera en evidencia.

Daniel, con frecuencia, había utilizado a otras personas para conseguir cosas. Astrid había visto cómo se marchaba en muchas ocasiones de un club con una chica mientras dejaba que los demás se ocuparan de los asuntos. Cada minuto que pasaba con Henry, hacía que él le gustara cada vez más.

Poco a poco, se sintió muy cansada. Tuvo que controlar el bostezo en un par de ocasiones. Al mirar el reloj, se dio cuenta de que eran las dos de la madrugada. Le indicó a Henry que iba a marcharse.

–Espérame –le dijo él.

Treinta minutos más tarde, salieron del club juntos.

–Creo que vamos a conseguir contratar a XSU.

–Estoy segura. Bryan parecía muy interesado. Lo llamaré a primera hora de la mañana.

–Te llevo a casa –comentó Henry.

–No es necesario. Hoy me he traído el coche de Bethann.

–¿Por qué?

–No quería aprovecharme de ti. Te agradezco el hecho de que siempre me estés llevando a casa, pero me parece importante poder tener mi propia manera de regresar a casa.

–¿Por qué?

–Porque siempre tengo deseos de invitarte a mi casa y no es buena idea.

Astrid no lamentó su sinceridad. Los dos sabían que la atracción entre ambos iba creciendo. No había nada que pudieran hacer al respecto.

–Pues a mí me parece que invitarme a subir a tu casa es una excelente idea. ¿Por qué no lo has hecho?

–Porque tú eres mi jefe, Henry. Por cierto, ¿por qué te llamas Henry?

Él se echó a reír.

–Era el nombre del padre de mi madre. ¿Y tú? ¿Por qué te llamas Astrid?

–Mi madre sacó el nombre de un libro. Bethann recibió su nombre de nuestra abuela materna y a mí... a mí me ponen el nombre de un libro.

–¿Qué libro?

–*Pippi Calzaslargas*. La autora se llamaba Astrid Lindgren. Mi madre dijo que quería que tuviera esa pasión por la vida que Pippi siempre tenía.

Astrid miró a Henry y vio que él la estaba observando con una expresión inescrutable. Decidió que estaba hablando demasiado, pero estaba cansada. Físicamente, desde luego, porque su cuerpo aún tenía que ajustarse al horario nocturno. Sin embargo, también estaba cansada de ocultarle partes de su vida a Henry. Quería que él supiera la clase de mujer que era. Quería que él la mirara y viera a la mujer de verdad.

–Me gusta eso. Me parece que tu madre sabía muy bien lo que hacía cuando te puso nombre.

Astrid no estaba muy segura de ello. Una parte de su ser siempre había sentido que tenía que aspirar a más en su vida. Bethann tenía mucho empuje y siempre había tomado las decisiones correctas. Había conseguido cosas muy grandes, al contrario que Astrid, que siempre estaba volviendo a empezar.

–No estoy muy segura, pero sí que me gusta el lugar en el que me encuentro –dijo.

Henry le agarró la mano y entrelazó los dedos con los de ella mientras caminaban hacia el lugar en el que estaba aparcado el coche de él.

–¿Has pensado alguna vez en qué nombre les pondrías a tus hijos?

Astrid sintió que los ojos se le llenaban de lágrimas al escuchar aquella pregunta. Se apartó de él.

–¿Astrid?

Ella negó con la cabeza.

–Probablemente igual que mis padres. ¿Y tú?

–Siempre he pensado que llamaría a mi hijo Jonny, por Jonny Wilkinson, el gran jugador de rugby.

–Espero que a tu esposa le guste el deporte –dijo ella. Trató de mantener un tono de voz desenfadado, pero sabía que el tema de los niños jamás iba a ser fácil para ella. ¿Cómo era posible que hubieran empezado a hablar de eso?

A Henry no le gustaba hablar de niños. En realidad, jamás había pensado mucho en ellos. Sólo cuando su madre dio a luz a sus dos hermanos pequeños. Sin embargo, algo en el tono de voz de Astrid le dijo que debía seguir hablando del tema. Había algo en el modo en el que ella había respondido a su pregunta.

–¿Cómo se llaman tus padres? –le preguntó.

–Spencer y Mary –contestó ella–. En realidad, no quiero hablar de esto. Ni siquiera sé cómo hemos empezado con este tema.

Abrió la puerta del pasajero de su coche y la ayudó a entrar. Entonces, se dirigió a la del conductor y se sentó tras el volante. Tardó un minuto en arrancarlo.

–Mi madre pensó en llamarme a mí Mick, por Mick Jagger, pero al final dijo que quería ponerme el nombre del hombre que jamás dejaba de quererla.

–¡Qué bonito! ¿Y por qué empezaste a jugar al rugby? ¿No te habría resultado más fácil ser músico? ¿O es que no sabes cantar?

–Claro que sé cantar –replicó Henry–. No lo hago muy bien, pero sé cantar.

–Entonces, ¿por qué no la música?

–Soy muy testarudo –respondió él, arrancando por fin el coche–. No quería que nadie dijera que se me había dado todo. Comencé a jugar al rugby cuando tenía ocho años. Ya había tenido que estar siempre a la sombra de mi madre y de las infames circunstancias de mi matrimonio. Si conseguía ser alguien en la vida, quería que fuera por mí mismo. ¿Dónde has aparcado?

–Cerca de la estación de Waterloo. Mostraste mucha personalidad tomando esa decisión a una edad tan temprana –añadió–. Bethann es así. Es abogado. Siempre supo que quería serlo.

–¿Y tú?

–Bueno, siempre supe que quería vivir en Londres. Me encanta el ambiente de la gran ciudad y el hecho de estar muy cerca de todo.

–¿Por qué no vives más en el centro?

–Bueno, Woking era lo que me podía permitir viviendo sola y ahora todas mis amigas están casadas. Por eso tengo un piso en Woking.

–¿Y cómo te metiste en el mundo de la música? –preguntó Henry mientras entraba en el aparcamiento en el que ella había dejado su coche.

–Mi coche está en el segundo nivel –le indicó ella–. Empecé a trabajar como recepcionista después de terminar la universidad. Fue en la discográfica de Mo Rollins. A partir de ahí, comencé a ascender. Lo más curioso de todo era que, cuanto más tiempo trabajaba allí, más a gusto me sentía. Mi coche es ese Ford verde.

Henry aparcó detrás del coche. Ella recogió sus cosas para salir. Sin embargo, él no estaba dispuesto a despedirse aún de Astrid.

–Y ahora estás trabajando para mí. ¿Sigue gustándote este mundo?

–¿Después de una noche como ésta? Claro que sí. Me ha encantado XSU y, cuando los contrates, será maravilloso ver cómo se transforman en una banda de éxito.

–Estoy de acuerdo. Yo había pensado ser agente deportivo u ojeador.

–¿Y por qué no lo hiciste? Recuerdo un programa de televisión que hiciste hace unos años en el que se hablaba de los niños protegidos del mundo de los deportes.

–¿De verdad? ¿Y lo viste?

–A veces. ¿Cómo empezaste a hacer algo así?

–Mi madre conoce a toda clase de gente en el mundo del espectáculo. Después de mi lesión, empezó a ponerme en contacto con ellos.

–Me parece que tu madre es una mujer de mucha ayuda.

Henry se echó a reír.

–Es una metomentodo. Le dije que iba a vivir de mis inversiones y a pasarme la vida de fiesta en fiesta. Eso la motivó a la hora de utilizar todos los contactos de los que dispone para ponerme en contacto con alguien que me pudiera poner a trabajar.

–Y se salió con la suya, ¿verdad?

–Sí. Hice ese programa. Luego empecé a ayudar a mi agente, pero me pareció un trabajo muy frustrante y no me gustó.

–¿Fue entonces cuando te centraste en el mundo de la música?

–Sí. Tenía también contactos.

–Y eso te da algo en común con tu madre.

–Así es. ¿Quieres venir a mi casa para tomar la última copa?

–¿Cómo?

–No quiero que acabe esta noche. Y creo que tú tampoco lo deseas.

Astrid dudó. Luego suspiró.

–No, no quiero que termine, pero mañana tengo un día muy ajetreado.

–Conozco a tu jefe.

–Sí, eso es precisamente lo que me temo. Resulta difícil equilibrar el hecho de trabajar juntos con una relación persona.

–¿Sí? Everest Group no tiene política alguna contra la confraternización de sus trabajadores. Por lo tanto, tu trabajo no corre peligro.

–¿Seguirá siendo eso cierto si te digo que prefiero irme a mi casa?

–Por supuesto que sí. Creo que me conoces bien para tener dudas al respecto. Y, si no es así, entonces irte a tu casa será lo mejor que puedes hacer.

–Lo siento –susurró ella mordiéndose el labio.

–No pasa nada. Supongo que entonces nos veremos mañana en el trabajo.

–Sí –respondió ella saliendo del coche. Henry observó cómo se dirigía a su vehículo. Al llegar, ella dejó el bolso en el asiento trasero y, antes de entrar, se volvió para mirarlo.

–¿De verdad quieres insistir en tener una relación conmigo?

Henry asintió. No podía sacársela de la cabeza y estaba cansado de intentarlo.

–Voy a ser sincera contigo, Henry. No estoy segura de que acostarme contigo sea lo que más me interese.

–En realidad, si lo pones así, yo tampoco –respondió Henry–. Vente a mi casa de campo este fin de semana –añadió–. Podemos montar a caballo, jugar al rugby y conocernos un poco más.

–No puedo. Ya tengo planes.

–En ese caso, invítame –sugirió. Un hombre tímido jamás conseguía lo que quería.

–Es con mi familia... ¿De verdad quieres venir?

–Claro. ¿De qué se trata?

–Es el cumpleaños de mi hermana. Mi madre va a celebrar una fiesta en su honor.

–Me encantaría.

–Bien. En ese caso, te veo mañana en el trabajo, Henry. Gracias por traerme hasta mi coche.

–De nada. Conduce con cuidado, Astrid.

Ella entró en el coche. Henry dio marcha atrás para dejarla salir delante de él. Astrid no se parecía en nada al resto de las mujeres que había conocido a lo largo de su vida. Estaba empezando a comprender que eso era parte de lo que tanto le atraía de ella.

Capítulo Seis

Astrid se arrepintió muchas veces de haber invitado a Henry a la casa de sus padres para el cumpleaños de Bethann, pero ella se lo había pedido y él había aceptado. Por lo tanto, no podía echarse atrás.

Henry no apareció por el despacho durante los dos días siguientes, por lo que ella no lo había visto desde la noche que lo invitó. Él le había enviado un mensaje de texto la noche anterior para preguntarle a qué hora iba a recogerla. En aquel momento, Astrid estaba de pie delante del espejo de su dormitorio deseando que pudiera convertirse en otra persona. En alguien que supiera lo que estaba haciendo con su vida en vez de una mujer que, simplemente, iba dando tumbos.

El timbre sonó y ella suspiró.

Fue a abrir la puerta principal. Tal y como había esperado, Henry estaba allí. Llevaba una camisa de rayas sin corbata y un par de pantalones oscuros. No se había afeitado y la ligera barba le daba un aspecto más sexy del que tenía normalmente.

—Entra —le dijo ella haciéndose a un lado para franquearle la entraba—. Voy a por mis cosas y estaré lista dentro de un minuto.

—Tómate tu tiempo.

Astrid se dirigió a su dormitorio y terminó de recoger sus cosas lo más rápidamente que pudo. Cuando regresó al salón, vio que Henry estaba enfrente de la pared donde tenía colgadas las fotos familiares.

–¿Es ésta Bethann?

–Sí. Cuando aprobó los exámenes de acceso a la universidad. Ésa es la casa donde viven mis padres.

–Todo el mundo parece muy feliz.

–Generalmente lo somos. ¿Listo?

–Sí –respondió Henry. Se dirigió hacia ella, pero, en vez de encaminarse hacia la puerta, se detuvo y la tomó entre sus brazos.

La besó. Ella cerró los ojos, saboreando aquel momento de intimidad. Un momento que pasó demasiado rápidamente. Henry terminó el beso y le colocó la mano sobre la espalda para dirigirla hacia la puerta. Esperó mientras ella cerraba la puerta con llave y luego los dos bajaron juntos la escalera.

Cuando estaban ya en el coche, el teléfono de Henry comenzó a sonar. Él miró quién lo llamaba.

–Es mi madre. Tengo que contestar.

–Por supuesto.

–Hola, mamá –dijo, tras poner la llamada en el altavoz.

–Hola, Henry. ¿Has tenido oportunidad de hablar a tus amigos sobre la idea de la televisión?

–Sí. Están hablándolo con sus jefes. Creo que tendremos noticias pronto.

–Me alegro. ¿Qué vas a hacer hoy?

–Voy a un cumpleaños de una amiga –dijo.

A Astrid le gustó el afecto y el respeto que se reflejaba en la voz de Henry cuando hablaba con su madre. Resultaba evidente que la relación entre ambos era muy cercana. Siguió escuchando la conversación hasta que él colgó.

–Lo siento –se disculpó Henry.

–No hay por qué. Tu madre te quiere mucho, ¿verdad?

–Demasiado, creo. Durante mucho tiempo estuvimos los dos solos y ella jamás ha dejado de cuidarme.

–¡Qué bien! ¿Cuándo se casó? Creo que dijiste que tienes dos hermanastros por parte de madre.

Henry conducía y hablaba sin dificultad. Su coche tenía un motor muy potente, pero conducía rápido aunque no alocadamente. La sensación de poder controlado era lo que atraía a Astrid profundamente.

–Se casó con Gordon cuando yo tenía nueve años. Yo había empezado a jugar al rugby y él estaba en un torneo en el que yo participé. Se conocieron allí. Mi madre... es maravillosa. Todos se quedan boquiabiertos cuando la conocen.

–Se parece a su hijo.

–Eso no lo sé. No creo que me sienten tan bien los sombreros como a ella –comentó Henry muy seriamente.

–¿Me estás tomando el pelo?

Henry se echó a reír.

–Sí. Efectivamente, me parezco en muchas cosas a mi madre.

Cuando se desviaron de la autopista para dirigirse a la casa de sus padres, Astrid comenzó a preocuparse por cómo se comportarían sus padres con Henry. Por fin, él aparcó frente a la casa, pero Astrid le agarró la mano antes de que pudiera salir.

—¿Sí?

—Escucha, todos van a sentir mucha curiosidad sobre ti. No te lo tomes como algo personal. Simplemente son así.

—No importa. Espero que me respondan a mí también algunas preguntas.

—¿Sobre qué?

—Sobre ti. Llevo mucho tiempo esperando que tú me cuentes tus secretos y creo que conocer a tu familia me mostrará otro lado de tu personalidad.

Astrid sacudió la cabeza. No estaba dispuesta a contarle todos los detalles de su relación con Daniel, como que se había quedado embarazada y que había perdido al bebé. Que su vida y sus sueños habían cambiado.

—No soy nada especial, Henry. Soy igual que cualquier otra chica de Surrey.

Astrid agarró la manilla de la puerta, pero, en aquella ocasión, fue Henry quien le impidió salir a ella.

—No te pareces a nadie del mundo, Astrid.

Había algo en aquellos maravillosos ojos azules que hizo que Astrid deseara creer sus palabras. Sin embargo, tenía miedo de confiar en él. Temía creer lo que él le dijera, pero, al mismo tiempo, sentía temor de que sus barreras no fueran suficientes para protegerlas. No obstante, fuera lo que fuera lo que tratara de decirse, sabía que estaba empezando a confiar en él.

Por eso lo había invitado al cumpleaños de su hermana. Por eso le había permitido que le tomara la mano mientras se dirigían a la puerta principal. Bethann abrió y Astrid se dio cuenta de que su hermana mayor no parecía muy contenta con ella o, más bien, con su elección de pareja.

Henry se llevó su pinta de Guinness a la terraza, donde se puso al lado del padre de Astrid. Spencer era un hombre afable, aunque algo silencioso, que estaba confinado en su silla de ruedas por problemas de diabetes.

Reconoció a Henry inmediatamente, pero no tardó en confesar que prefería el fútbol al rugby. La conversación fue agradable hasta que la hermana de Astrid se reunió con ellos.

—¿Puedo hablar contigo? –le preguntó Bethann.

—Por supuesto.

—Vamos a dar un paseo –le dijo.

Cuando llegaron al cenador, Bethann sugirió que se sentaran.

—Parece que estás a punto de presentar cargos –bromeó Henry.

—No hagas bromas. Siento que te parezca que me estoy pasando, pero no puedo permanecer en silencio.

—¿Por qué?

—Mi hermana no es la clase de mujer con la que deberías jugar. Tiene una familia que la quiere mucho y creo que deberías saber que mi bufete está especializado en los derechos de las mujeres.

—Te aseguro que no tengo intención alguna de hacerle daño a tu hermana, Bethann. Me siento atraído por ella y ella decide que quiere más, no hay nada que me puedas decir que me lo impida.

–Todos los hombres dicen eso.

–¿Incluso tu esposo? ¿Te hizo una promesa y la rompió?

Henry ya había conocido a Percy Montrose, el esposo de Bethann, muy brevemente antes de que él se marchara al supermercado a por más hielo.

–En especial él –replicó Bethann–, pero cuando él mete la pata, lo arregla inmediatamente. Lo que quiero saber es si Henry Devonshire es la clase de hombre que hace lo mismo.

–¿Hay algo que de verdad pueda decirte para que creas que soy un hombre de fiar? Parece que ya tienes una opinión muy concreta sobre mí.

–No. Lo siento si te ha parecido así. Es que... Escucha, quiero mucho a mi hermana y no quiero ver que sufre.

Henry colocó la mano sobre el hombro de Bethann.

–Yo tampoco.

Bethann lo miró y suspiró.

–Está bien.

–¿Henry? –dijo una voz. Era Astrid.

–Estoy aquí –respondió él.

–Percy ya ha regresado y estamos listos para comer –les informó ella.

–Genial –comentó Bethann dirigiéndose en solitario hacia la casa.

–¿Qué quería?

–Asegurarse de que no te voy a hacer daño –contestó Henry–. Fuera lo que fuera lo que ocurrió con Daniel... fue mucho más que el fin de una aventura, ¿verdad?

–No puedo... No quiero hablar de eso en estos momentos, ¿de acuerdo?

Henry vio el sufrimiento que él le había causado con su pregunta. Era la segunda vez que veía cómo los ojos se le llenaban de lágrimas.

–Vamos a la casa –susurró él.

Astrid entrelazó su brazo con el de Henry y juntos se dirigieron al patio, donde su madre había puesto la mesa. Hacía un día precioso, de los que no abundan en Inglaterra dado que tan a menudo está nublado o lloviendo. Además, Percy era un hombre muy agradable, al que, evidentemente, todos apreciaban.

–¿Te gusta el fútbol como a Spencer? –le preguntó Henry a Percy.

–En absoluto. De hecho, Spencer solía ser un gran aficionado del London Irish.

–¿Solía?

–No salgo tanto como solía por lo que me pierdo muchos partidos. Además, verlo por la tele no es lo mismo –comentó Spencer.

–No, no lo es. ¿Te vas arreglando con tu silla de ruedas?

–Escucha al médico –respondió Spencer–. Yo no lo hice y mira dónde me veo por ello. Me temo que soy un poco testarudo. Creo que Astrid podría parecerse a mí en eso.

–Creo que sí. Ciertamente es muy obstinada.

–Ni que lo digas –comentó Spencer–, pero nos encantaba ir a ver esos partidos. Solía llevar a las chicas al campo cuando eran pequeñas. Creo que Astrid tenía un póster colgado en su habitación. ¿De qué jugador era?

Astrid se sonrojó y Bethann le dio un golpe a su padre.

–Ya está bien.

–¿Tenías un póster en tu habitación? –preguntó Henry.

–Sí. Tuyo –respondió ella. Todos los presentes se echaron a reír.

–Le gustabas mucho cuando tú empezaste a jugar para el equipo –dijo Mary.

–¡Mamá! –exclamó Astrid, sonrojándose. Por una vez, se quedó sin palabras–. Pues Bethann estaba coladita por Ronan Keating y, en ese momento, ella era una mujer adulta.

–Es muy mono –admitió Bethann.

–No se parece en nada a mí –dijo Percy.

–Bueno, creo que tengo derecho a que me gusten hombres que no se parecen en nada a ti.

–De eso ni hablar –replicó Percy con una sonrisa.

La conversación siguió por los mismos derroteros. Astrid se inclinó sobre él.

–¿Quién te gustaba a ti?

–Umm... Creo que nadie.

–¿No tenías ningún póster de Victoria Beckham en la pared?

Henry negó con la cabeza. Jamás le había gustado demasiado sentirse atraído por mujeres que resultaban inalcanzables para él. Prefería centrar su atención en mujeres de verdad.

–¡Venga, hombre! ¿Quién te gusta a ti? –quiso saber Percy.

Henry metió la mano debajo de la mesa y tomó la mano de Astrid.

–Astrid.

–¡Venga, hombre! –protesto Percy–. ¿Estás tratando de dejarme en evidencia?

–¿Y está funcionando?

–¡Sí! –exclamó Bethann. Sonrió a Henry. En ese momento, él supo que los temores de la hermana mayor habían quedado aplacados. Por el momento.

El día en casa de los padres de Astrid se fue transformando en noche. Eran más de las diez cuando Henry aparcó el coche frente al bloque en el que vivía Astrid

–Gracias –dijo ella.

–¿Por qué?

Aquel día, Astrid había visto que Henry era efectivamente la clase de hombre que ella había pensado que era. Se había relacionado con facilidad con su familia, aunque sabía que él probablemente no se había sentido del todo a gusto. Había encajado, algo que Daniel jamás había conseguido. De hecho, él ni siquiera había conocido a su familia, aunque habían estado saliendo más de un año.

–Por soportar a mi familia.

–Me gusta tu familia. He tardado un poco en darme cuenta de que tu padre me estaba tomando el pelo con lo de que le gustaba el fútbol.

–Él es así –respondió Astrid con una sonrisa.

–Me ha caído muy bien. Me recuerda a mi padrastro.

–¿En qué sentido?

–En el modo en el que se relaciona contigo y con tu hermana. En el amor que tiene hacia tu madre. Sé que la familia es tan importante para tu padre como lo es para Gordon.

–¿De verdad? Se lo voy a decir. Le gustará oírlo.

–¿Es de verdad la silla de ruedas la razón por la que dejó de ir a los partidos de rugby?

–Sí. Le resulta difícil moverse y los asientos a los que siempre íbamos ya no le resultan accesibles.

–Yo tengo un palco en el Madejski Stadium. ¿Crees que a tus padres les gustaría venir con nosotros?

–Estoy segura de que sí. ¿De verdad los invitarías? Se supone que es para los directivos de la empresa, ¿no?

–Yo puedo utilizarlo para lo que quiera. Soy el jefe.

–Te gusta decir eso, ¿verdad?

–Sí. Soy un líder.

–¿Siempre?

–Sí, excepto cuando empecé a jugar. Siempre he tenido el control. He sido el que se aseguraba de que todos estaban donde tenían que estar. Bueno, ¿me invitas a subir?

–Estaba pensando en ello.

–Bien.

Henry salió del coche antes de que Astrid pudiera reaccionar. No tardó ni un segundo en abrirle la puerta. Aquel gesto era del agrado de Astrid. Resultaba algo pasado de moda, pero era una señal de respeto.

–No te he invitado a subir –dijo ella mientras Henry le tomaba la mano para ayudarla a salir del coche.

–Lo sé, pero vas a hacerlo.

Astrid simplemente se echó a reír. Resultaba tan... Aquel día vio lo fácilmente que había encantado a su padre, a su hermana y a su cuñado.

–Prométeme que es real.

–¿A qué te refieres?

Ella respiró profundamente.

–¿Estás fingiendo ser lo que yo necesito que seas?

–¿Y por qué iba a hacerlo? No estoy jugando contigo.

Astrid deseaba creerlo. Ciertamente. Se volvería loca si trataba de examinar cada gesto que él hacía. Lo condujo a su apartamento, sorprendida de lo normal que le resultaba tener a Henry en su casa. Se quitó los zapatos porque le dolían los pies por llevar zapatos de tacón todo el día.

–¿Te gustaría algo de beber?

–Un café sería estupendo –respondió él.

Ella fue a la cocina para prepararlo. Cuando regresó al salón, vio que Henry estaba examinando los CDs que ella tenía en una estantería.

–Tengo demasiados. No hago más que decir que me tengo que organizar un poco...

–Yo soy igual. Me gusta tu gusto.

–¿De verdad?

–Claro. ¿Te importa si pongo algo de música?

–No. Adelante. Tengo unas galletas muy buenas, si te apetecen para tomarlas con el café.

–Me encantaría. Soy muy goloso.

–Ya me he fijado.

–¿Sí?

–Ese tarro de dulces que tengo sobre mi escritorio. Debo de haberlo rellenado al menos tres veces desde que empezamos a trabajar juntos.

–Me has descubierto.

–Sí. Y tengo intención de saberlo todo sobre ti antes de que pase mucho tiempo.

Era mejor conocer sus secretos que dejar que él descubriera los de ella. Lo dejó con el equipo de música y fue a servir el café. Lo llevó al salón en una bandeja.

Henry estaba reclinado sobre el sofá con los ojos cerrados. Como fondo musical, el jazz. Louis Armstrong y Ella Fitzgerald.

Se sentó al lado de Henry y él la rodeó con un brazo para estrecharla contra su cuerpo. Después de unos minutos, le levantó la cabeza. La boca de él se movió hacia la de ella con seguridad. En aquella ocasión, el beso no tuvo nada de ligero o breve.

Capítulo Siete

–Baila conmigo –le dijo Henry. Se puso de pie y la ayudó a levantarse. Entonces, la tomó entre sus brazos.

Astrid le rodeó la cintura con los brazos y descansó su cabeza contra el torso de Henry. Mientras bailaban, Henry tarareaba suavemente la canción. A pesar de lo que había dicho anteriormente sobre el hecho de que no tenía un gran talento musical, Astrid comprobó que no era así.

Inclinó la cabeza para decirle algo, pero la boca de Henry capturó sus palabras. La besó profundamente mientras movían sus cuerpos al ritmo de la música. Le mordió el labio inferior suavemente. Entonces, depositó suaves besos sobre la delicada mandíbula hasta que acarició con la lengua un punto justo debajo de la oreja.

–Esto es lo que quería hacer cuando estábamos en el club el miércoles. Tomarte entre mis brazos y deslizarte las manos por la espalda.

Astrid se echó a temblar, le encantaba el sonido íntimo de las palabras justo al lado de la oreja.

–¿Y por qué no lo hiciste?

–Había demasiadas personas alrededor. No creí que te gustara ver una foto de los dos en una revista del corazón.

–No, no me habría gustado –admitió ella. Había tenido suficientes malas experiencias con los periódicos sensacionalistas como para que le duraran toda una vida.

Las manos de Henry encontraron la parte posterior de la falda y se la levantó por las piernas. Astrid sintió la mano sobre la parte posterior del muslo. Aquella caricia prendió el fuego en ella. Las caderas de Henry se movían al ritmo de la música. Su erección rozaba la parte inferior del vientre de Astrid y la música, combinada con las caricias de Henry, sirvieron para borrar miedos y temores hasta que ella no sintió nada más que necesidad y deseo.

Desabrochó la camisa de Henry para poder deslizarle las manos sobre el torso. Él tenía un ligero vello y a Astrid le gustaba el modo en el que se le deslizaba entre los dedos. Le recorrió los pectorales y luego trazó lentamente una línea hasta su vientre.

La boca de Henry sobre la suya era cálida y real. El picor que le producía el nacimiento de la barba la excitaba. Él por fin encontró la cremallera en el costado del vestido y se la bajó. Antes de que sonara la siguiente canción, Astrid se había quedado sólo en ropa interior. Y Henry tenía sólo los pantalones.

–Deja que te mire –dijo él, dando un paso atrás–. Eres una mujer muy sexy.

Astrid negó con la cabeza.

–No creo que pueda tener comparación con las mujeres con las que tú sueles salir.

–Eso es cierto. Tú eres mucho más sexy porque eres de verdad. ¿Te importaría bailar para mí?

Astrid dudó. Quería excitarlo. Quería que él la deseara tanto que se muriera de ganas de penetrarla.

–Sí...

–Bien. Quédate aquí.

Henry la dejó de pie en medio del salón. Una pequeña lámpara emitía su suave luz. El aroma del café llenaba el aire. Entonces, él empezó a jugar con el mando hasta que la canción cambió y comenzó una nueva.

–*Let's Get It On?* –preguntó ella, riendo.

–Sí, nena. Demuéstrame que sientes lo mismo que yo.

Ella echó la cabeza hacia atrás y se echó a reír. En aquel momento, se sintió muy viva. Comenzó a mover las caderas al ritmo de la música sin apartar la mirada de Henry. Él se inclinó sobre el sofá para observarla. Astrid sintió que sus inhibiciones desaparecían lentamente hasta que empezó a bailar hacia él.

Colocó las manos sobre el respaldo del sofá y se inclinó suavemente sobre él para cantarle a la oreja mientras movía su cuerpo sobre el de él.

–Tienes una voz muy sexy –susurró él.

–¿De verdad?

–Sí. ¿Por qué no me dijiste que sabías cantar?

Ella se le sentó sobre el regazo.

–Porque no soy buena, como las cantantes que tú te pasas todo el día escuchando.

–Eres mejor porque cantas exclusivamente para mí.

Henry le colocó las manos en la cintura y le acarició la espalda. Ella se incorporó y dio un paso atrás para escaparse de él. Entonces, se dio cuenta de que él le había desabrochado el sujetador. Dejó que se le deslizara por los brazos y que cayera al suelo.

De repente, notó que las manos de él se abrían con fuerza sobre su espalda desnuda, tirando de ella hasta que la tuvo de nuevo entre sus brazos. El cuerpo de él se movía también al ritmo de la música. Las manos le cubrieron los senos. La erección le rozaba el trasero. De repente, Astrid se sintió como si fuera a explotar.

Henry le colocó la boca en la base del cuello y chupó lentamente mientras bailaban con la música. Astrid no podía soportar mucho más. Se sintió vacía y trató de volverse entre los brazos de él. Sin embargo, Henry la sujetó con fuerza con una enorme mano sobre la cintura.

La música volvió a cambiar. En aquella ocasión, era *Sexual Healing*. Astrid no pudo evitar echarse a temblar al sentir que él le deslizaba las manos hasta que los dedos alcanzaron la tela de las braguitas y comenzaron a deslizarse entre éstas y su piel. Trató de darse la vuelta de nuevo y, en aquella ocasión, Henry se lo permitió. Astrid lo besó con pasión, devorándole la boca. Lo deseaba. Lo necesitaba. Inmediatamente.

Los condujo a ambos hacia el sofá. Henry se dejó llevar. Astrid trató de agarrarle el cinturón de los pantalones, pero él se lo impidió.

–Todavía no.

–Yo te necesito, Henry.

–Muy pronto, nena. Quiero que tengas tú un orgasmo primero.

Ella negó con la cabeza, pero Henry no le estaba

prestando atención. Henry bajó la cabeza y comenzó a besarle un seno. Empezó a acariciarle con una mano y, entonces, ella sintió la calidez del aliento contra el pezón. Astrid le mesó el cabello con los dedos, sujetándolo contra su pecho. Necesitaba que él siguiera besándoselo. Todo en su cuerpo reaccionaba al contacto con él. Había pasado mucho tiempo desde que un hombre le había hecho sentir del modo en el que él lo hacía.

–Henry...

El nombre le explotó prácticamente entre los labios al sentir que él comenzaba a acariciarle la entrepierna. Le bajó las braguitas y ella movió frenéticamente las piernas hasta que la minúscula prenda cayó al suelo.

Henry le acarició los muslos con pasión, torturándola con su contacto. Por fin, el índice le acarició justo el lugar que ella deseaba. Estuvo a punto de gritar de placer. Sin embargo, el contacto fue ligero. Cambió la boca al otro seno. Entonces, comenzó a acariciarle su feminidad con movimientos de arriba abajo que, de repente, se transformaron en circulares.

En ese instante, ella gritó de placer. Sentía el comienzo de las oleadas de un orgasmo. Apretó los muslos y le clavó las uñas en los hombros.

Henry levantó la cabeza.

–Me gusta el sonido que haces al alcanzar el clímax –dijo–. Resulta casi tan sensual como el modo en el que cantas.

Astrid jamás había visto ningún hombre más hermoso que él, en pleno apogeo de necesidad sexual hacia ella.

–No quiero esperar más –dijo ella.

–Nada más... –afirmó él.

Henry la tomó en brazos y la llevó hasta el dormitorio. Allí, la colocó suavemente en el centro de la cama. Entonces, se quitó la ropa que aún llevaba puesta y se colocó junto a ella, completamente desnudo.

Astrid le tocó la erección, deteniéndose en la punta, justo donde tenía una gota de humedad. Ella le acarició con la punta del dedo y se llevó el dedo a la boca para lamérselo.

Al ver aquel gesto, él lanzó un gruñido de placer. Entonces, se bajó hasta que la cubrió y estuvieron completamente juntos, pecho contra torso, sexo contra sexo. Astrid le rodeó las caderas con las piernas. La boca de Henry devoró la suya. Astrid se movió debajo de él y, de repente, Henry se colocó de espaldas y la colocó encima de él.

Astrid jamás había estado encima. No estaba segura de qué hacer. Se sentía muy expuesta, pero, cuando él se incorporó y le atrapó un pezón con la boca, se olvidó de todo excepto de las sensaciones que él despertaba en ella.

La boca de Henry encontró la de ella. Las lenguas de ambos se entrelazaron y ella se sintió abrumada al sentir cómo las manos de Henry le recorrían todo el cuerpo, mientras que los dedos frotaban y acariciaban cada centímetro de su piel al tiempo que le hacía el amor con la boca.

Astrid se arrodilló con una pierna a cada lado del cuerpo de Henry y vio cómo él le agarraba la cintura. Entonces, la abrazó y le tomó un pezón con la boca para chupárselo con fuerza.

–Henry...

El centro de su cuerpo se licuó en húmeda calidez, empujándola a moverse encima de él, sintiéndolo contra la parte más delicada de su cuerpo. Quería más. Lo necesitaba dentro de ella. Lo necesitaba inmediatamente.

Aquello no tenía nada que ver con los encuentros sexuales que había tenido normalmente. Era más intenso, más real. Apagó las emociones que amenazaban con surgir en ella y se centró sólo en las sensaciones físicas. No estaba dispuesta a admitir que aquello no era más que un coito. No quería empezar a sentir algo por Henry, al menos no mientras sus secretos aún permanecían ocultos en lo más profundo de su ser.

Henry estaba muy excitado. La erección se erguía dura y orgullosa entre sus cuerpos. Astrid se movió contra él, encontrando su propio placer mientras él seguía lamiéndole y chupándole los senos. La sujetaba con fuertes manos para poder controlar así los movimientos de sus caderas.

Le recorrió los costados con delicadeza, explorando cada centímetro de su piel. Ella se sentía expuesta y vulnerable. Quería agarrarlo a él y darle la vuelta a la situación, pero no podía. Las manos y la boca de Henry estaban por todas pares, haciendo que anhelara aún más sus caricias. Deseaba sentir la boca sobre su sexo, los dedos en el interior de su cuerpo...

De repente, él le estiró los brazos por encima de la cabeza. Astrid se agarró al cabecero de la cama y le rozó el cuerpo entero con el suyo. No podía soportar aquella lenta tortura. Le rodeó con fuerza la cintura con las piernas y trató de empalarse en él, pero no lo consiguió.

Henry volvió a mordisquearle el centro de su cuerpo, apretándose los senos contra su rostro mientras proseguía hacia abajo, moviéndose hacia el centro de su feminidad. Astrid separó aún más las piernas, abriéndolas de par en par para él. Henry siguió bajando poco a poco hasta que pudo besarle la entrepierna. Astrid sintió primero la cálida caricia de su aliento y luego la lengua. Los dedos torturaron los delicados pliegues, rodeándolos pero sin invadirlos. Al mismo tiempo, la lengua iba marcando el ritmo.

Astrid agarró el cabecero con más fuerza aún, dejando que las caderas subieran y bajaran, tratando de obligarlo a penetrarla.

–Por favor, Henry, por favor. Te necesito.

Él acercó aún más la boca y aspiró con fuerza. Al mismo tiempo, introdujo un dedo en el cuerpo de Astrid. Ella gritó de placer y experimentó los primeros temblores del orgasmo. Movió las caderas contra dedo y boca. Henry mantuvo la presión y, sin dejar que se relajara, comenzó a excitarla una vez más.

Henry se movió lentamente encima de Astrid. Necesitaba un preservativo con urgencia. Ella se movía contra él, enredando las piernas con las suyas.

Henry había alargado el acto porque había deseado explorar cada centímetro de su pasión, descubrió lo que hacía falta para excitar a una mujer como Astrid. Quería conocer sus secretos más íntimos y se negaba a detenerse hasta que los conociera todos. Aquella noche era tan sólo la punta del iceberg.

–No quiero volver a tener un orgasmo sin ti –dijo Astrid.

–Yo tampoco. ¿Estás tomando la píldora? –le preguntó.

–No me quedaré embarazada.

–Bien, porque no tengo preservativo.

–¿No?

–¿Y por qué iba a llevar uno encima?

Astrid sonrió.

–Supongo que no planeaste esto.

–En absoluto.

–Me haces sentir muy especial.

Aquellas palabras eran muy inocentes. Astrid lo abrazó y le acarició la piel. A Henry le encantaba sentir los largos y fríos dedos de ella. Cuando Astrid encontró una zona especialmente sensible en la base de la espalda, realizó un pequeño círculo, haciendo que él temblara.

Entonces, él le apartó la mano de su cuerpo y entrelazó los dedos con los de ella, saboreándola con largos movimientos de la lengua contra el cuello y la clavícula. Astrid olía maravillosamente. A sexo, a mujer... A su mujer.

¿Era ella suya?

Se levantó inmediatamente y se le colocó entre las piernas. Ella le tocó el muslo, la única parte de su cuerpo que podía alcanzar. Aquel contacto excitó aún más a Henry. Necesitaba penetrarla, reclamarla como suya. Fuera lo que fuera lo que ocurría en lo sucesivo con ellos, aquella noche Astrid era suya.

La tumbó de espaldas sobre la cama y dejó que ella le agarrara los hombros mientras se deslizaba por encima de su cuerpo. Comprobó su cuerpo para estar seguro de que ella aún estaba preparada para él.

Astrid se movió debajo de él, impaciente. Movió los hombros para hacer que los pezones erectos se frotaran contra el torso de Henry. Entonces, él se tumbó completamente sobre ella y la miró. Cuando vio que ella tenía los ojos cerrados, le dijo:

–No cierres los ojos.

Quería que ella viera el momento en el que la poseía. Esperó hasta que Astrid cruzó la mirada con la suya y la penetró. El interior de su cuerpo era tenso, por lo que fue abriéndose paso centímetro a centímetro hasta que estuvo plenamente acoplado a ella. Entonces, Astrid le rodeó la cintura con las piernas y cerró los ojos durante un instante, hasta que Henry comenzó a moverse sobre ella. Astrid le deslizó las uñas por la espalda, arañándosela. Después, volvió a apartar la cara.

Henry le atrapó el rostro entre las manos y la obligó a mirarlo. Astrid abrió los ojos de par en par y, entonces, Henry sintió que algo se movía dentro de él. Quería penetrarla tan profundamente, de tal modo que no se pudieran volver a separar jamás.

Astrid susurró su nombre cuando Henry incrementó el ritmo, al sentir él su propio clímax. En ese momento, cambió el ángulo de la penetración para poder tocar el punto G del interior del cuerpo de ella.

Astrid gritó el nombre de Henry al sentir un fuerte orgasmo. Él siguió moviéndose, penetrándola cada vez más profundamente hasta que él también llegó al clímax y gritó también el nombre de Astrid.

La abrazó con fuerza y dejó que su cuerpo se relajara durante un instante. Sintió que ella también lo abrazaba con fuerza. En ese instante, Henry comprendió que no podía dejar que aquello fuera una equivocación, no por la situación laboral de ambos, sino porque aquella mujer significaba más para él de lo que había creído.

Se levantó de la cama y fue al baño que había dentro de la habitación para buscar una toalla. Cuando la encontró, la humedeció y regresó a la cama donde Astrid le estaba esperando. Entonces, le limpió delicadamente la entrepierna.

–¿Vas a quedarte a pasar la noche conmigo? –le preguntó ella.

Henry no se pudo negar. Se tumbó en la cama junto a ella y la tomó entre sus brazos. Astrid era diferente a todas las mujeres con las que había salido, algo que había presentido desde el principio. Sin embargo, en aquel momento comprendió por qué.

Mientras la tenía entre sus brazos, no podía dormir. Sabía que su vida era complicada y no sabía cómo podría Astrid encajar en ella. Permaneció despierto toda la noche, preguntándose lo que podía hacer con aquella mujer, que era todo lo que siempre había querido en una mujer. No obstante, no sabía lo que hacer con ella. En lo que a Astrid se refería, ninguna respuesta era fácil.

Cuando el sol empezó a salir, la colocó debajo

de él y volvió a hacerle el amor. La dejó dormitando y fue a darse una ducha y a vestirse. Cuando salió del cuarto de baño, ella ya no estaba en la cama.

No había nada que Astrid deseara más que quedarse en la cama para esperar a Henry y eso la asustaba. Sabía que había estado mal acostarse con él sin contarle todos sus secretos. Tal vez él podría empezar a pensar que podrían tener una relación que sería más que una aventura...

Entonces, ¿qué le diría ella? ¿Cómo podría contarle como por casualidad que ella no podía tener hijos? ¿Que su desastrosa relación con Daniel le había hecho pagar un precio mucho más grande del que había admitido?

–¿Astrid?

–Estoy aquí –respondió ella desde la cocina–. Sé que tomas el café solo, pero ¿cómo te gustan los huevos?

Henry estaba de pie en el umbral de la puerta, recién duchado y ya vestido. ¿De verdad iba ella a prepararle el desayuno? En realidad, Astrid había sentido la necesidad de hacerlo para que ella no pareciera una cobarde por haber huido de él.

–Me gustan fritos, pero no tienes por qué prepararme el desayuno.

–¿Estás seguro?

–Sí, pero aceptaré el café.

Astrid le sirvió el café. En aquellos momentos, no podía sentarse a la mesa con él. Tenía demasiadas cosas en la cabeza.

–Necesito ducharme.

–Adelante –dijo él–. ¿Te importa si me quedo a esperarte? Te llevaré a desayunar cuando hayas terminado.

Ella asintió y se marchó de la cocina tan rápidamente como pudo. Ya en el cuarto de baño, se miró al espejo. El problema con tener un secreto como el de ella era que no había ninguna señal externa que demostrara qué era lo que le ocurría. Cualquier hombre que la viera daría por sentado que era una mujer normal con todos sus órganos en funcionamiento.

Sacudió la cabeza. No tenía que preocuparse por eso. Henry no era un hombre de familia. Menuda mentira. Tal vez no tuviera esposa o hijos propios, pero estaba muy unido a su madre y a su padrastro y a los hijos de éstos.

Se duchó y se vistió rápidamente, pensando que, cuanto antes se marcharan del piso, mejor.

–¿Te importa trabajar hoy? –le preguntó Henry mientras se marchaban del edificio.

–En absoluto –respondió. En realidad era un alivio. Así, dejaría de pensar y volvería a la rutina normal con él.

–Genial. Steph está en el estudio y creo que necesita algunas indicaciones.

–Me encantaría escuchar sus nuevas canciones. Estoy segura de que serán muy buenas.

–Se pone muy nerviosa en el estudio. Le gusta tener espectadores y, sin ellos, se cierra.

Henry la llevó al estudio que Steph estaba utilizando en el este de Londres. Cuando llegaron allí, todos estaban ya trabajando. Henry fue a hablar con Steph.

Astrid permaneció a un lado, sintiéndose como si no encajara allí. Llevaba años trabajando en el mundo de la música, pero jamás había estado en un estudio de grabación con un artista. Daniel no se lo había permitido nunca diciéndole que sólo sería un estorbo. Por una vez, estuvo de acuerdo con él. No había nada que pudiera hacer excepto tomar café y sentarse en un rincón.

Por el contrario, Henry estaba en su elemento. Astrid se dio cuenta de que tenía un don para decir las palabras adecuadas en los momentos necesarios. Steph no tardó mucho en ponerse a cantar. Su voz fue mucho mejor que cuando cantaba en directo.

Astrid se preguntó si Henry sabía lo que tenía que decir a las mujeres. ¿Eran las palabras que había utilizado la noche anterior simplemente eso, palabras? ¿Se había enamorado de un hombre que estaba dispuesto a decir cualquier cosa para conseguir lo que deseaba?

¿Enamorado? ¿Estaba empezando a sentir algo por Henry? Sabía que la respuesta era afirmativa. Comprendió que eso había ocurrido en el momento en el que él la besó la primera noche que la llevó a su casa.

Aparte de Henry, Steph y Astrid, en el estudio estaban Conan McNeill, el productor, y Tomás Jiménez, el mezclador de sonido del proyecto. Éste último estaba pasando una mala época porque su esposa lo había abandonado por otro hombre. Desgraciadamente, Tomás no era de los que se dejaban los problemas en casa. Astrid oyó voces y vio que los dos hombres estaban discutiendo en la cabina de sonido.

Henry se interpuso entre ellos. Astrid siguió su ejemplo.

—Si estás demasiado borracho como para manejar una mesa de mezclas, es mejor que te vayas a tu casa —le dijo Henry—. Tomás necesita un taxi —añadió, con voz muy enfadada.

—Yo se lo pediré —afirmó Astrid.

Tomás miró con desaprobación a Henry.

—No puedes obligarme a irme a mi casa.

—Tienes razón, no puedo, pero puedo asegurarme de que no trabajas hasta que te portes como es debido. Astrid, acompáñalo al vestíbulo.

Ella asintió y agarró a Tomás por el brazo, pero él se apartó de su lado con un brusco movimiento. Comenzó a mover los brazos y se volvió para enfrentarse con Henry. Entonces, golpeó a Astrid en el pecho. Fue un golpe seco, que la envió contra la pared. Allí, se golpeó la cabeza.

—¡Ay!

Henry se encaró con Tomas. La ira que sentía se le reflejaba en el rostro.

—Lo siento. No quería golpearla —dijo Tomás.

—¡Fuera! —gritó Henry. Tomás salió corriendo sin decir una sola palabra más—. ¿Te encuentras bien? —le preguntó a Astrid.

—Sí. Me duele un poco la cabeza, pero me encuentro bien.

Henry la abrazó durante un segundo, pero se apartó en cuanto la puerta de la cabina de sonido volvió a abrirse. Era Duncan, uno de los productores de Henry.

Mientras él se ponía a hablar con el recién llegado, Astrid se preguntó si Henry estaba ocultando la relación que tenía con ella. Esperaba que no. Ya había sido la amante secreta de Daniel y todo había tenido un final horrible. No quería cometer el mismo error con Henry.

Capítulo Ocho

Cuando iba a trabajar, Astrid se detuvo en una pequeña tienda de conveniencia que había cerca de su casa para comprar unas pastillas para el dolor de cabeza. Las largas noches de trabajo con Henry le estaban causando insomnio.

Sonrió a Ahmed al entrar. Él siempre la saludaba afectuosamente.

–Te estás haciendo famosa –le dijo él–. ¿Vas a seguir comprando aquí mucho tiempo más?

–Déjate de tonterías –replicó ella–. No soy famosa.

Tomó una botella de agua y fue al mostrador para comprar las pastillas. Entonces, vio la portada de *Hello!*, en la que se veía una foto de Henry y ella. Al verla, palideció. Era de la primera noche que trabajaron juntos, cuando él se inclinó sobre ella para besarla.

–Me... me llevaré un ejemplar.

Pagó todo lo que había comprado y salió de la tienda rápidamente. En el metro, notó que varias personas la miraban. Odiaba aquella situación. Había pasado por todo aquello antes aunque al menos durante su relación con Daniel y el Grupo Mo Rollins, su foto no había aparecido en la prensa.

Abrió la revista y vio que el artículo sobre ellos

iba encabezado con el titular: *La última pájara en aterrizar en el caliente nido de amor del hijo bastardo de Malcolm Devonshire.*

Era horrible. Hacía que su relación con Henry sonara... breve en el tiempo. Podría serlo. Ella tenía sus secretos y, presumiblemente, Henry tenía los suyos. No obstante, creía que lo conocía bastante bien. Había cenado con él en la casa de Bethann y Percy y había conocido a sus hermanastros cuando ellos fueron a su despacho para celebrar los logros que Henry estaba consiguiendo en el Everest Group.

El primer sencillo de Steph subía como la espuma en las listas de éxitos. Las cosas iban muy bien profesionalmente para ambos. Sin embargo, aquella foto...

Su teléfono móvil empezó a sonar. Era Bethann quien la llamaba.

–Hola, Bethann –dijo, tras apretar el botón.

–Astrid, ¿has visto el *Hello!*?

–Sí, pero...

–¿Pero qué? ¿Que no sabes cómo explicar que eres la «*última pájara*»? ¿Quieres que los demande?

–No, Bethann. Gracias por pensar en ello, pero creo que sería mejor que, simplemente, me dejara llevar.

–A mamá no le va a gustar.

–Bueno, no creo que sea para tanto –dijo, tratando de quitarle importancia al asunto–. Sólo por estar con Henry, mi foto va a salir en las revistas de vez en cuando.

Decidió que esto era completamente cierto. Eso también significaba que tenía que estar preparada para decirle a Henry todo y cuando lo hiciera... Henry tendría que decidir si quería seguir estando con ella. Sabía que, si no le decía la verdad, la prensa terminaría por averiguarla.

–Tengo que dejarte, Bethann. Ya hablaremos más tarde.

–Está bien –dijo su hermana, aunque de mala gana–. Ten cuidado. Te quiero.

–Yo también.

Astrid colgó y permaneció sentada allí, esperando su parada. No sabía qué le iba a decir a Henry de todo aquello. Sacudió la cabeza y, de repente, la cabeza empezó a dolerle más. Se dio cuenta de que se había olvidado las pastillas en la tienda. Sacudió la cabeza. Iba a ser uno de esos lunes.

El teléfono móvil de Henry comenzó a sonar justo cuando terminó de hacer ejercicio en el gimnasio. Vio que era Edmond, el abogado y mayordomo de Malcolm.

–Devonshire –dijo, a modo de saludo.

–Soy Edmond. ¿Tienes tiempo para reunirte conmigo esta mañana?

–No estoy seguro. ¿Por qué no llamas a mi asistente y para que ella te pueda decir cuándo?

–Me gustaría hablar contigo lejos de tu despacho. Se trata de la cláusula de moralidad que Malcolm estableció.

–Si insistes –dijo Henry. No le preocupaba demasiado el tema–. Hay una cafetería en mi gimnasio. Puedo reunirme allí contigo dentro de veinte minutos.

–Hasta entonces.

Henry se duchó, se vistió y llamó a su despacho.

–Everest Records Group, despacho de Henry Devonshire.

Sólo escuchar la voz de Astrid le hizo sonreír. Sabía que gran parte de su vida aún seguía sumida en las brumas del misterio, pero, poco a poco, iba conociéndola.

–Soy Henry. Voy algo retrasado en el gimnasio esta mañana. ¿Hay algo urgente?

–Bueno, he hablado con Geoff. Steven y él quieren reunirse aquí contigo para la reunión semanal. He preparado la contabilidad y vamos muy encima de las cifras del año pasado. Buenas noticias para ti.

–Sí. Podría ganarles.

–Estoy segura de que lo harás.

–Lo haremos. Y, cuando sea así, todos los miembros del equipo serán responsables de nuestro éxito. ¿Algo más?

Astrid guardó silencio durante un instante.

–Bueno, está la fotografía que ha salido de nosotros dos en el *Hello!*

–¿Y qué estamos haciendo?

–Besándonos. Fue la primera noche que me dejaste en mi casa. Mi primer día de trabajo.

–Lo único que puedo decir es que tengo mucho morro –dijo. No podía deducir si estaba disgustada o no. Pensó si sería aquello sobre lo que Edmond quería hablarle–. ¿Debería disculparme?

–No. No seas tonto. Los paparazzi son parte de tu vida.

–Pero no de la tuya.

–No, pero no es algo tan insoportable que me impulse a salir corriendo... Todavía.

–¿Todavía? Tendré que asegurarme de que no cambias de opinión.

–¿Tan importante soy yo para ti?

El teléfono de Henry comenzó a pitar, lo que indicaba que tenía otra llamada. Dudó un instante. No podía decirle a Astrid que se estaba enamorando de ella.

–Creo que ya sabes la respuesta a esa pregunta. Ahora, tengo que dejarte. Tengo otra llamada.

–Está bien. Adiós.

Colgó sintiéndose como un estúpido, pero no había manera de evitarlo. Astrid le estaba complicando la vida de muchas maneras. Cada día que pasaban juntos era mejor que el anterior. Sin embargo, esto resultaba muy peligroso porque se había hecho la promesa de no depender nunca de nadie. Formar parte de un equipo, pero mantenerse aislado para evitar implicarse demasiado.

Apretó el botón para recibir la otra llamada sin mirar de quién se trataba.

–Devonshire.

–Henry, soy mamá. ¿Por qué no nos has presentado a esa chica con la que estás saliendo?

Henry normalmente no llevaba mujeres para que conociera a su madre. Eso fue lo que Henry respondió.

–Bueno, esa chica parece diferente a la clase de mujer con la que tú sales habitualmente. ¿Lo es?

–No lo sé. Es mi asistente.

–¿Y no es eso un conflicto de intereses?

–No.

–Henry Devonshire, para un hombre es muy diferente. Malcolm jamás me dijo que dejaría de producir mis discos cuando rompimos, fui yo. No podía soportar verlo cuando ya no estábamos juntos.

–Mamá, esto es diferente.

–Eso dices tú. Si aprecias en algo a esa chica, tienes que decidir si es lo suficientemente diferente como para que desees presentársela a tu familia. Si no lo es, termina ahora para que ella pueda seguir con su vida.

Su madre colgó antes de que él pudiera decir nada. Henry no había pensado en su aventura en términos de cómo podría afectar a Astrid y a su trayectoria profesional. Y, desde el principio, ella le había dicho que su trabajo era muy importante para ella.

Se marchó del vestuario y fue a la cafetería para reunirse con Edmond. Éste ya estaba allí, esperándolo. Se puso de pie para estrecharle la mano.

–¿Cómo está Malcolm?

–Unos días mejores que otros, Henry. No me importaría preguntarle si quiere que vayas a verlo.

–En estos momentos no puedo. Estoy muy ocupado haciendo que Everest Records sea la división que más beneficios alcance dentro del Everest Group.

–Eso es cierto. Malcolm y yo estamos muy impresionados con los progresos que has hecho. Por eso he venido a verte. No me gustaría ver que pierdes por una mujer.

A Henry no le gustó escuchar que Edmond se refería a Astrid llamándola *una mujer*.

–Astrid no es una cualquiera con la que me estoy acostando.

–Me alegra oírlo y estoy seguro de que a Malcolm también le gustará. Simplemente quiero que te asegures de que nada más escandaloso que ese beso acaba saliendo en la prensa.

Henry lo miró fijamente y luego consultó su reloj.

–Tengo que marcharme –dijo. Los dos hombres se pusieron de pie y se dirigieron hacia la puerta–. ¿Se arrepiente Malcolm alguna vez de no haberse casado nunca?

–No lo sé. Jamás he hablado de ese tema con él.

Henry se dio la vuelta para marcharse, pero Edmond se lo impidió.

–Creo que se lamenta de que tus hermanos y tú seáis unos desconocidos. Que no lo conozcáis a él ni el uno al otro demasiado bien.

Henry asintió y se marchó. Trató de no pensar en el asunto, pero, en el fondo, se alegraba de que Malcolm se lamentara de algo. Le hacía parecer más humano.

Cuando entró en su despacho, vio que Astrid estaba hablando por teléfono. Ella lo miró y sonrió. En aquel momento, Henry supo que tenía que elegir, tal y como le había dicho su madre. ¿Iba a elegir algo más permanente con ella o simplemente iba a dejarla marchar?

Decidió que la invitaría a ver un partido de rugby con el equipo de su padrastro. Llevaría a toda la familia, incluso a sus hermanastros, para ver cómo iba el día.

El día en cuestión, cuando llegaron al Madejski Stadium, había un montón de paparazzi. Henry aparcó su Aston Martin DB-5 y se dirigió con una amplia sonrisa hacia el estadio. Llevaba a Astrid de la mano.

–Henry, ¿quién es tu chica?

–¿Cuáles son los detalles del testamento de Malcolm Devonshire?

–¿Cuándo llegarán el resto de los herederos?

Henry no contestó ninguna pregunta. A Astrid no le gustaba la luz de los focos a los que él estaba constantemente sometido. Su relación laboral seguía siendo muy fuerte durante el día. Y durante la noche... Se sonrojó sólo con pensarlo. Con Henry, por fin había descubierto su potencial sexual. Había descubierto que necesitaba sus caricias tanto como él necesitaba las de ella.

–No ha estado mal –dijo–. Supongo que no se podían resistir a la oportunidad de conseguir una foto con Geoff, Steven y yo juntos.

–Si quieres puedo hacerla yo y se la puedo vender al *Hello!*

–¿Serías capaz de vender una foto por dinero?

–Claro que no, pero me he traído la cámara.

–¿Por qué?

–Pensé que mi padre podría sacar algunas fotos. Dijiste que podríamos conocer al entrenador.

–Y así será. ¿Quieres conocer a todo el equipo?

–Por supuesto, aunque ya he conocido a mi jugador preferido –susurró ella, poniéndose de puntillas para besarlo.

Henry la abrazó y profundizó el beso.

–¡Qué bonito! –dijo una voz femenina.

Henry levantó la cabeza. Los dos se volvieron y vieron a una mujer morena muy alta. Astrid no sabía quién era, pero, evidentemente, Henry sí la conocía. Existía una tensión entre ambos que hasta ella era capaz de sentir.

–Kaye –dijo Henry.

–¿Tienes un minuto?

–No, en realidad no. Tengo un grupo esperándome arriba.

A pesar de la respuesta de Henry, Astrid no pudo reprimir los celos. Sabía que Henry no era esa clase de hombre, pero Daniel había visto a otras mujeres mientras salía con ella. Seguramente, Henry era diferente.

–Kaye, ésta es Astrid Taylor. Astrid, Kaye Allen.

Kaye Allen era una de las supermodelos con las que Henry sabía salido. Henry le había dicho que ella era más sexy que ninguna de ellas, pero, al lado de Kaye, se sentía inferior.

–Me adelantaré para ocuparme de los detalles –dijo Astrid.

–Yo te acompañaré. Que tengas un buen día, Kaye.

Kaye asintió mientras Henry avanzaba hacia el interior del estadio en dirección a la Royal Suite, de la que disponían para el partido de aquel día. Los padres de Astrid no serían los únicos invitados. Los hermanos por parte de padre de Henry también estarían presentes, al igual que XSU, que iban a actuar antes del partido. Era su primera actuación profesional.

Por el momento, estaban solos en el enorme palco, acompañados tan sólo por un camarero.

–Lo siento –dijo él.

–No tienes por qué. Así que ésa es Kaye Allen. Es muy guapa.

–Sí, pero también muy pesada.

Astrid quería hacer más preguntas, pero recordó que Daniel la había descrito a ella del mismo modo y temió hacerlo.

–¿Quieres hablar de ello? –preguntó por fin.

–No, Astrid. No tengo deseo alguno de hablar de mi ex contigo –le espetó.

–Sólo estaba siendo amable –respondió ella–. Yo tampoco quiero hablar de ello.

No era la primera vez que Astrid era testigo del genio tan fuerte de Henry, pero sí era la primera ocasión en el que había ido dirigido a ella. No iba a consentir que lo hiciera.

Se dirigió hacia la ventana y admiró el campo. El estadio estaba empezando a llenarse. Henry no tardó en acercarse a ella con una copa de champán en la mano. Le rodeó los hombros con un brazo mientras ella aceptaba la copa.

–Lo siento. Kaye es... Jamás ha aceptado que lo nuestro ha terminado.

–No importa.

–Salud.

Astrid golpeó la copa suavemente contra la de Henry. Quería hacer más preguntas, pero sabía muy bien que no debía hacerlas. Kaye parecía ser uno de los secretos que Henry tenía muy bien escondidos. Si ella le hubiera contado todo lo ocurrido con Daniel, tendría derecho a hacerle más preguntas. Desgraciadamente, la presencia de Kaye había cambiado el ambiente entre ellos. Por primera vez, había visto un hombre diferente en Henry.

Se preguntó qué más acechaba bajo la superficie que él presentaba. Se había dado cuenta de que, por muy bien que creyera que lo conocía, él aún tenía secretos que no había compartido con ella.

–¿En qué estás pensando? –le preguntó Henry.

Astrid sonrió, aunque el gesto fue forzado.

–Sólo en el partido.

Capítulo Nueve

Cuando empezó el partido, Henry no pudo relajarse, a pesar de que disfrutó de la compañía de Geoff y Steven. Cada uno de los dos había ido acompañado de su pareja. Steven parecía muy contento. Henry y él estuvieron hablando sobre los planes que habían hecho sobre presentar todos los cantantes que contrataran en las tiendas. Decidieron que incluso podrían celebrar pequeños conciertos en directo. Cuando Geoff se unió a la conversación, decidieron que podrían poner la portada del álbum de Steph Cordo en los Airbus de la división de transporte aéreo del grupo.

Henry decidió que sentía simpatía por sus hermanastros. A lo largo de los últimos meses, habían descubierto que, en realidad, tenían muchas cosas en común. Entre ellos, había mucho más que el deseo de superar a los demás. Era algo más profundo, algo que Henry no sabía definir.

Astrid los contempló desde la mesa en la que estaba sentada, junto a los componentes de XSU. Cuando Henry se lo indicó, los acompañó a la mesa a la que él estaba sentado.

–Todo va muy bien –comentó ella mientras los de XSU charlaban con Steven y Geoff–. Pensé que mi madre se iba a morir cuando le presentaste a Geoff.

Cree que la madre de Geoff es una mujer con mucha clase.

Henry sonrió. Astrid le ayudaba a mantenerse anclado al mundo real.

–Me alegro mucho de que haya disfrutado. ¿Le ha gustado a Spencer recorrer los vestuarios?

–Sí. Le he hecho una docena de fotos allí.

Henry sonrió de nuevo. Efectivamente, Astrid tenía su cámara a mano y, después de ver la pared llena de fotos que tenía en su piso, decidió que a Astrid le gustaba documentar su vida. Le hacía fotos a todo y a todo el mundo.

Entonces, se dio cuenta de que le hacía fotos a todo el mundo menos a él. Sabía que no debía haberle contestado de aquel modo. Era simplemente que Kaye era una de esas mujeres de su pasado a las que jamás hubiera invitado a aquella clase de fiesta, una fiesta en la que su familia estuviera presente y, por ello, no le hubiera gustado que Astrid la conociera. No quería que ella se viera condicionada por sus relaciones pasadas. Decidió que no pensaría más en el tema. La arrinconó, pero ella se giró para marcharse.

Henry la agarró del brazo y la atrajo hacia él. Se puso de espaldas a la sala para que nadie pudiera verles el rostro.

–Ya no estoy enfadado.

–Me alegro por ti. Yo sí.

–Astrid...

–No, Henry. Estoy segura de que tendrás una frase encantadora para decirme por qué yo no debería seguir enfadada contigo y que yo podría creérmela.

Sin embargo, no puedo dejar de pensar que hoy me has tratado como si fuera sólo tu ayudante. Sé que es lo que soy, pero me has invitado a esta fiesta como pareja tuya.

–Así es. Lo siento, Astrid. Nunca quise que conocieras a una mujer de mi pasado. Tú eres diferente para mí.

–¿Lo soy?

–Sí.

–¿Cómo?

–Eres la primera mujer que he traído a una fiesta familiar –dijo. Entonces, la besó para que ella no pudiera seguir haciendo más preguntas.

–Henry, ven aquí –le dijo Geoff.

–¿Ahora estamos bien? –le preguntó Henry a Astrid.

–Sí. Espera –respondió. Agarró a Henry por la cintura y, tras ponerse a su lado, hizo una rápida fotografía de ambos–. Además, quiero hacerte una foto con tus hermanos.

–¿Para venderla? –preguntó él guiñándole el ojo.

–No. Para ti. Dijiste que no tenías ninguna.

Astrid acompañó a Henry junto a sus hermanastros y les dijo que quería hacerles una foto a los tres. Los herederos de Malcolm Devonshire se mostraron muy contentos al respecto y les hizo una foto. Luego les hizo a los tres una foto con XSU. A medida que la tarde iba avanzando, Henry se dio cuenta de que tenía las semillas de una vida que no quería perder. Quería encontrar el modo de mantener a Astrid a su lado, hacer lo mismo con sus hermanastros y continuar haciendo de Everest un negocio de éxito. Le parecía que Astrid era la clave en todo aquello.

Josh y Lucas subieron al palco durante un descanso del partido. Henry sonrió a sus dos hermanos menores y Astrid les hizo una fotografía a los tres. Era la primera vez que los veía, pero pronto estuvo charlando y riendo con ellos como si los conociera desde siempre. Era algo que Astrid conseguía sin esfuerzo. Hacía que todos se sintieran cómodos. Algo que le gustaba y que le beneficiaba mucho en el trabajo.

–Henry, mamá quiere que lleves a Astrid al campo después del partido –dijo Joshua, el mayor de los dos hermanos aunque sólo por dieciocho meses.

–¿Sí? ¿Por qué?

–Porque no puede subir aquí a conocerla hasta que haya terminado de hablar a la prensa con papá –respondió Lucas.

Los dos muchachos se parecían a Gordon, a excepción de los ojos, que eran del mismo color azul que los de su madre.

–Podrá conocerla en la fiesta de después... cuando conozca también a Geoff y a Steven.

–No está segura de querer conocer a tus otros hermanos –dijo Lucas.

Henry asintió. Lo comprendía muy bien.

–Haré lo que pueda –dijo.

–¿Sobre qué? –le preguntó Astrid, que no se había enterado de parte de la conversación.

–Mi madre quiere conocerte –le informó Joshua.

–En ese caso, vamos –replicó Astrid, agarrando del brazo a los dos muchachos–. Tú quédate aquí para cuidar de tus invitados –añadió, refiriéndose a Henry–. Yo volveré enseguida.

Henry observó cómo ella se marchaba. Entonces, comprendió que se estaba enamorado perdidamente de Astrid.

–Hola, Astrid. Soy Tiffany Malone, la madre de Henry.

Tiffany Malone era todo lo que Astrid esperaba que fuera. Hermosa y con una personalidad arrolladora. No obstante, sintió sinceridad cuando la mujer la abrazó.

–Josh y Lucas me han hablado de tu familia. Aparentemente, tu padre es un experto en lo que se refiere a la historia de este club.

–Así es –admitió Astrid–. Está muy emocionado por poder estar hoy aquí.

Los padres de Astrid ya se habían ido a casa. Spencer estaba bastante cansado.

–¡Gordon! Ven aquí a conocer a Astrid.

Gordon se acercó inmediatamente y le estrechó afectuosamente la mano. En aquel momento, Henry se reunió con ellos. Mientras Astrid charlaba con Henry y con los padres de éste, se dio cuenta de que estaba viendo una imagen muy íntima de aquellas tres personas tan conocidas.

Astrid se alegró de regresar a casa después de un día tan largo. Henry la había dejado en su casa primero antes de ir a llevar a sus hermanos pequeños.

Le había prometido que regresaría si podía y ella esperaba que así lo hiciera.

Había sido un día muy interesante. Se había preocupado mucho al conocer a Kaye. No conocía los detalles de su relación con Henry, pero estaba dispuesta a no prestarle atención alguna. Después de todo, ella tampoco quería hablarle a Henry de Daniel.

No obstante, sabía que debía hacerlo. Daniel ya no era nada para ella. Henry lo era todo para ella. Le había enseñado lo que podía ser una relación de verdad.

Se lavó la cara y se puso un salto de cama que Henry le había regalado la semana anterior. Le gustaba el modo en el que la seda le rozaba la piel, pero lo que más le gustaba era que Henry lo hubiera comprado para ella.

Siempre le estaba dando pequeños regalos, a los que Astrid tenía en mucha estima. Se sirvió una copa de vino y se puso a contemplar las fotografías que había tomado aquella tarde. Sonrió. Sin darse cuenta, se le ocurrió pensar que él se estaba convirtiendo muy rápidamente en el hombre sin el que no quería vivir.

El teléfono empezó a sonar. Vio que se trataba de un número bloqueado, pero sabía que el de Henry aparecía así.

–Hola.

–Hola, cariño. ¿Sigues levantada?

–Sí. ¿Vas a venir?

–Me gustaría.

–Bien. ¿Cuánto vas a tardar en llegar aquí? –le preguntó ella. Había estado a punto de decirle «en llegar a casa». No tenían una casa juntos, pero eso no le había preocupado hasta entonces. Henry se pasaba más noches en su casa que ella en la de él, pero no había hablado de dar un paso más en su relación.

–Veinte minutos. Tal vez menos.

–Me ha gustado conocer hoy a tu familia.

–Mis hermanos están completamente enamorados de ti.

–¿Cuáles?

–Joshua y Lucas. No han parado de hablar de ti desde el momento en el que te dejamos en tu casa hasta que les dejé a ellos en casa de mi madre.

–Son unos chicos majísimos. Me han caído muy bien.

–Es cierto. Estoy orgulloso de ellos.

–¿Y qué me dices de Geoff y Steven? Hoy parecía que tienes buena relación con ellos.

–Así es. Ya no somos desconocidos.

–Geoff es muy reservado, ¿verdad?

–Sí, pero se abre mucho más cuando adquiere confianza. Steven es muy divertido, algo que no deja de sorprenderme.

–Lo sé. Es muy inteligente. Hoy le he oído hablar con Percy de física cuántica.

–Sí que lo es. Creo que los tres somos un buen reflejo de las mujeres que nos han criado.

–Es cierto, pero, si los rumores son ciertos, todos habéis heredado una característica de vuestro padre.

–¿Cuál?

–El encanto. Los tres tenéis una gran facilidad para embaucar al sexo opuesto.

–¿De verdad? No habrás estado flirteando con mis hermanos.

Astrid sonrió.

–No. A mí sólo me interesa un Devonshire.

–Eso es lo que me gusta escuchar. Voy a aparcar el coche. Subo enseguida.

Astrid colgó la llamada. Un minuto más tarde, Henry estaba frente a su puerta. Él miró el salto de cama que ella llevaba puesto y la tomó entre sus brazos para llevarla al dormitorio. Allí, hicieron el amor. Después, Henry la abrazó. Astrid descansó la cabeza sobre el torso de él, justo encima de su corazón. Deseó de todo corazón que pasara en aquel mismo lugar el resto de las noches de su vida.

Capítulo Diez

El lunes, Edmond se presentó en el despacho de Henry. Éste no se alegró demasiado de verlo porque Edmond siempre había representado las ausencias de Malcolm en su vida.

–¿Se encuentra bien Malcolm? –preguntó.

–Sí, está bien. Me ha pedido que venga a verte a ti y a tus hermanos para ver cómo van las cosas.

–Espero que hayas visto el informe que te he enviado sobre los grupos que hemos contratado y las proyecciones de ventas de todos ellos.

–Sí, lo hemos recibido. He oído que esta semana has estado en el Madejski con tus hermanos.

–Así es –respondió Henry. No entendía la razón de la visita de Edmond. ¿Había ido para advertirle de nuevo sobre Astrid?–. Pero prefiero que los llames los otros herederos. Después de todo, no crecimos juntos como hermanos.

–Eso siempre le dolió mucho a tu padre.

–¿Cómo puedes tener la caradura de decirme eso? –le espetó Henry–. Malcolm ni siquiera sabía que estábamos vivos.

–Eso no es cierto, pero tú tienes tu propia versión de tu vida.

–Dime, si puedes, algo que Malcolm hiciera por Geoff, Steven o por mí.

Edmond se dirigió a la ventana para admirar el Támesis.

—Asistió a tus partidos de rugby cuando jugabas con el London Irish.

—Tonterías —replicó Henry—. Creo que me habría dado cuenta de que estaba allí. Los de la prensa se habrían vuelto locos, tal y como ocurrió el día que fue a un partido de polo de Geoff.

—Aquel día aprendimos la lección. Después de eso, Malcolm aprendió a ser más discreto cuando asistía a algún acto de sus hijos. No le resultó fácil. No es un hombre dado a esa clase de comportamiento.

Henry se acercó a Edmond.

—¿Por qué estás aquí?

—Hay otra foto tuya en las revistas. De esa chica contigo. ¿Quieres que te ayudemos a ocuparte de ella?

—No os he necesitado ni a Malcolm ni a ti en toda mi vida. ¿Por qué iba a hacerlo ahora?

—Podrías beneficiarte de la experiencia que tiene tu padre.

—Sé muy bien cómo terminar una relación y ésta, con Astrid, va muy bien. Creo que Malcolm debería ceñirse a los negocios a la hora de hablar conmigo. Vamos a lanzar el CD de una de nuestras nuevas cantantes esta tarde en el Everest Mega Store. Tal vez quieras pasarte por allí para ver cómo me ocupo de las cosas.

—Bien.

—No sabes lo aliviado que me encuentro. Dile a Malcolm que yo jamás negaría a un hijo mío.

—Él tampoco lo ha hecho.

—En eso no estamos de acuerdo. Me alegro de que

134

hayas venido. Si necesitas alguna cosa más, mi asistente personal se ocupará de ello.

Edmond asintió.

—Que tengas un buen día, Henry.

—Lo mismo te digo.

Cuando Edmond se marchó, Astrid entró en el despacho.

—¿Va todo bien? ¿No es Edmond la mano derecha de Malcolm?

—Sí. Todo va bien. Malcolm lo ha enviado para que me vigile, algo que ni siquiera hizo cuando yo era pequeño...

—¿Por qué no te gusta Edmond? —quiso saber Astrid. Se acercó a él.

Henry la abrazó y la estrechó contra su pecho.

—No tengo nada en contra de Edmond. Lo que no me gusta es que siempre esté representando a Malcolm. Gordon es más padre para mí de lo que lo ha sido Malcolm. Sé que algunos hombres son así, pero cada vez que veo a Edmond, me recuerda todas las ausencias de Malcolm a lo largo de mi vida.

—Lo siento.

—No pasa nada. Sé que parece que me estoy quejando, pero no es así. Siempre deseé que permaneciera alejado de mi vida para siempre en vez de aparecer de vez en cuanto.

—¿Por qué no lo hizo?

—Quién sabe —respondió Henry. Si Edmond tenía razón y Malcolm había asistido a sus partidos de rugby, entonces Malcolm Devonshire contaba con más detalles enigmáticos de lo que Henry había sospechado previamente—. ¿Va todo en hora para por la tarde?

–Sí –dijo ella.

Henry reclamó el beso que llevaba esperando desde que llegó al despacho. Se estaba dando cuenta de que tener una relación con su ayudante lo distraía mucho. Astrid era la tentación reencarnada. No dejaba nunca de desearla.

–Quiero sentarte sobre mi escritorio y quitarte las braguitas...

–Sí –respondió ella abriéndole la bragueta para encontrar su erección–. Hazme el amor, Henry.

Así lo hizo. La poseyó encima de la mesa con fiereza y pasión, como siempre. Después de que recogieran todo, la abrazó tiernamente. Astrid sabía que tenían que trabajar, pero en aquel momento no parecía importar nada más que las sensaciones. Apoyó la cabeza contra el hombro de Henry y sintió una cercanía que no había experimentado nunca antes con otra persona. Lo miró y se dio cuenta de que hacía mucho tiempo que debía de haberle contado todo lo referente a Daniel y todo lo ocurrido.

–¿En qué estás pensando?

–En que has dejado de preguntarme sobre mis secretos. ¿Significa eso que ya no te interesan?

–En absoluto. Simplemente he decidido que, cuando estés lista para contármelos, lo harás –susurró, besándola tiernamente–. Ahora, creo que es hora de ponerse a trabajar.

Astrid asintió y se levantó para marcharse. Sin embargo, se sintió como si él la hubiera rechazado. Se preguntó si se había apegado demasiado a él. Esperaba que no. No quería terminar como Kaye Allen, deseando a un hombre al que ya no interesaba.

***

Astrid avanzó por el Everest Mega Store, que estaba a rebosar. Rona, la gerente, estaba encantada porque la tienda estaba completamente llena, más que de costumbre.

–Tu chica está nerviosa. Está en el almacén dando vueltas. Hasta se ha dejado la guitarra en el coche.

–¿La has recuperado?

–Sí.

–Iré a hablar con ella –dijo Astrid.

Se dirigió al almacén y vio que, efectivamente, Steph no dejaba de dar vueltas, pero que parecía estar bien.

–Hola, Astrid.

–¿Cómo estás, Steph? ¿Lista?

–Creo que sí. Siempre me pongo así antes de subirme a un escenario. No te preocupes.

–No estoy preocupada. ¿Sabes quién es Mo Rollins?

–Claro.

–Por él hecho de estar nerviosa, él diría que estás bien acompañada. Siempre dice que los grandes se preocupan por el hecho de que nunca podrán igualar la música que hay en sus cabezas y que por eso se ponen nerviosos.

–A mí no me preocupa eso. Estoy nerviosa porque la BBC Radio está aquí y quieren entrevistarme cuando haya terminado de cantar –replicó Steph con una sonrisa.

–Lo harás muy bien. Eres una mujer inteligente y preparada. Si no fuera así, Henry jamás te habría ayudado a producir un álbum.

–Gracias –dijo Steph abrazándola–. Mi novio iba a venir hoy, pero ha tenido que quedarse a trabajar.

En aquel momento, alguien llamó a la puerta.

–Estamos listos dentro de cinco minutos.

–Gracias –susurró Steph. Fue a retocarse el lápiz de labios. Mientras lo hacía, Henry y Steven entraron en el almacén muy tranquilamente.

Henry le guiñó un ojo a Astrid, pero no dijo nada. Fue a hablar con Steph. Entonces, Astrid recibió una llamada de Rona para decirle que había alguien abajo que quería ver a Henry. Ella se lo contó inmediatamente.

–Iré a ver quién es. Si te necesito, te llamaré.

–Genial. Sólo hace falta que envíes un mensaje de texto porque no creo que pueda oír la llamada allá abajo. Además, no me gusta que me molesten antes de un concierto.

–Así lo haré. Buena suerte, Steph.

Se dirigió a la tienda y vio que aquel día resultaba imposible. El negocio de Steven iba a sacar unos increíbles beneficios. ¿Qué significaría eso para Henry?

Encontró por fin a Rona y ella le indicó la zona de las cajas. Al llegar allí, vio que se trataba de Kaye, aunque no la reconoció inmediatamente.

–Hola. Soy Astrid Taylor, la asistente del señor Devonshire. ¿En qué puedo ayudarla?

–En nada –replicó la mujer con desprecio–. Necesito hablar con Henry.

–Hoy no va a ser posible. Si me da su número, haré que la llame esta noche.

–Tenía mi número...

–Bien, pero si me lo da, no tendrá que buscarlo.

Kaye se sacó una tarjeta del bolso y se la entregó a Astrid.

–Es urgente. Tengo que hablar con él hoy mismo.

–Muy bien. Le daré el mensaje.

Con eso, Kaye se dio la vuelta y se marchó. Astrid le envió un mensaje de texto a Henry informándole de que había sido Kaye quien quería verlo y dándole el número de teléfono. Trató de deshacerse del sentimiento negativo que había sentido al hablar con Kaye, pero no pudo.

El concierto empezó por fin. La acústica de la tienda no era idónea para un concierto, pero la hermosa voz de Steph compensaba este hecho. Astrid se dirigió a la mesa donde Steph iba a firmar autógrafos para asegurarse de que todo estaba preparado.

Todo estaba en orden. Esto reafirmó la creencia de Astrid de que Henry y ella trabajaban muy bien juntos. Sin embargo, la reticencia que él había mostrado sobre el mensaje de Kaye la había preocupado. Aparte de la pasión que había entre ellos... ¿Qué más tenía para impedir que Henry la abandonara?

Henry se marchó de la tienda antes de que Steph terminara su concierto tras pedirle a Steve que se ocupara del resto del acto. El mensaje de Kaye implicaba que su ex no se resignaba. La modelo tenía mucho carácter, por lo que Henry decidió que era mejor darle la atención que demandaba para que no se le ocurriera recurrir a otras maneras de intentar hablar con él. No quería que Astrid volviera a estar en medio de los dos. Le gustaba lo que había entre ambos. Ella le había inyectado una paz a su vida que jamás había encontrado en otra persona.

Kaye respondió el teléfono inmediatamente.

–Ya iba siendo hora de que me llamaras.

–¿Qué es lo que ocurre?

–No quiero hablar por teléfono. ¿Puedes quedar conmigo?

–¿Ahora?

–Sí, es urgente.

–Está bien. ¿Dónde estás?

–Hay un café a la vuelta de la esquina del Mega Store. Reúnete allí conmigo.

Kaye colgó y Henry se metió el teléfono en el bolsillo. No tardó en encontrar el café que Kaye había mencionado. Ella lo estaba esperando sentada en una mesa.

–Hola, Henry.

–¿Qué es tan urgente? –le preguntó él mientras se sentaba a su lado.

–Estoy embarazada.

Henry la miró para tratar de decidir si le estaba mintiendo. Era muy cuidadoso sobre los anticonceptivos. Gracias a las circunstancias de su propio nacimiento, no quería tener hijos sin estar comprometido con la madre.

–¿Estás segura?

–Por supuesto que estoy segura. ¿Por qué no iba a estarlo?

–No sé. Mira, siento haberte ofendido. Nunca esperé tener esta conversación. Tuvimos mucho cuidado cada vez que estuvimos juntos. ¿De cuánto estás?

–De cuatro meses.

Efectivamente, era posible. Las fechas coincidían.

–¿Y qué es lo que quieres de mí?

–Quiero que me ayudes a criar al bebé. Creo que es lo menos que puedes hacer.

–Bien. Hazte una prueba de paternidad y, entonces, podremos tomar una decisión. Haré que mis abogados se ocupen del tema –afirmó Henry. No necesitaba todo aquello, pero jamás negaría nada a un hijo suyo. No iba a cometer los mismos errores que Malcolm.

–No veo por qué necesitamos una prueba de paternidad.

–Porque soy un hombre muy rico, Kaye, y no voy a aceptar tu palabra así como así. Si el bebé es mío, lo organizaremos todo con mis condiciones. Me haré cargo de él si es mío.

–¿Con tus condiciones? No lo creo. Yo no acepto órdenes tuyas.

–En lo que se refiere a ese niño, sí.

–Está bien. Organizaré la prueba lo antes posible. ¿Vas a dejar de ignorar mis llamadas telefónicas?

–Sí.

Henry se puso de pie y regresó a la tienda completamente abrumado. Un hijo. Sabía que no estaba listo para ser padre. Para ello, había estado esperando a sentar la cabeza y sólo había una mujer con la que quería hacerlo. Astrid. ¿Cómo iba ella a asimilar la noticia de que él iba a ser padre?

–¿Henry?

Era Astrid. Lo estaba esperando junto a la mesa de Steph. El concierto había sido un enorme éxito.

–¿Te encuentras bien?

–Sí, pero tenemos que hablar.

–¿Ahora?

–No, podemos esperar hasta más tarde –dijo él mirando la gente que aún esperaba en la tienda para fotografiarse y ver a Steph.

Astrid lo interrogó con la mirada. Henry tenía la sensación de que no iba a tener la vida que había deseado con ella. Si Kaye estaba embarazada de su hijo, él no podría estar con Astrid. Al contrario que su padre, él cumpliría con su deber.

Capítulo Once

Astrid estaba sentada enfrente de Henry. Se sentía muy nerviosa. Estaban en un elegante restaurante, en el que habían programado una cena para celebrar el éxito de Steph. Astrid también había planeado contarle toda la verdad sobre Daniel y sobre el hecho de que no podía tener hijos.

Cuando Henry regresó a la tienda, no era el mismo de siempre. Se mostró frío, distante, lo que comenzó a preocupar a Astrid. La actitud no había cambiado.

El camarero se marchó por fin y Henry centró su atención en ella.

–Creo que te gustará la comida de este restaurante.

–Lo dudo.

–¿Por qué no?

–Porque estoy muy nerviosa. ¿Qué era lo que quería Kaye?

–No sé cómo decírtelo...

–Pues hazlo –le espetó ella. Se agarró con fuerza las manos. Cuando Daniel rompió con ella, no había sufrido tanto como lo estaba haciendo en ese momento.

–Kaye está embarazada y cree que soy el padre.

La noticia la dejó sin palabras.

–Yo... no sé qué hacer. Por supuesto no pienso

hacer lo que hizo mi padre. Quiero ser algo más para mi hijo que una persona que le lleva regalos por su cumpleaños y por Navidad.

Las palabras de Henry suponían una sentencia de muerte para ella. Henry era exactamente lo que esperaba que fuera. Cuando le dijo a Daniel que estaba embarazada, él no quiso saber nada. Además, cuando perdió al niño, la despidió por no poder acudir a su trabajo. Ella se había marchado pensando que su fe en la bondad de los hombres había desaparecido. De algún modo, no le sorprendía que Henry fuera todo lo contrario.

–Lo entiendo. ¿Qué vas a hacer?

–Le he pedido que se haga una prueba de paternidad.

–¿Crees que ese niño podría ser tuyo?

–No lo sé. Los dos estábamos saliendo con otras personas, por lo que no estoy seguro. Debo suponer de entrada que es cierto que es mío dado que existe una gran posibilidad de que yo sea el padre. Si ese niño es mío, tendré que casarme. Con ella.

Henry siguió hablando, pero Astrid ya no escuchó nada más. ¿Por qué tenía que casarse con ella? Porque él no era como Malcolm. Henry no quería que su hijo creciera sintiéndose ignorado por su padre. Pero ¿y ella?

–Veo que todo esto es importante para ti y admiro el hecho de que estás haciendo lo que debes por el niño, pero...

–¿De verdad? En realidad, parece que no te importa, Astrid.

–¿Y qué quieres que haga?

–Quiero... No sé lo que quiero, maldita sea. Quiero saber que te importa. Que te importo.

–Me importas más de lo que te imaginas, Henry, pero sé que no eres la clase de hombre que cambie de opinión. Si has decidido casarte con Kaye, eso es lo que tienes que hacer.

Henry asintió. El camarero les llevó la cena. Por un instante, Astrid pensó que la vida no había cambiado para ella aunque, en realidad, su mundo acababa de terminar.

–Lo siento, pero no puedo hacer esto... –susurró. Entonces, se levantó.

–¿Hacer qué? No tienes por qué marcharte.

–Claro que tengo por qué. No me puedo sentar aquí contigo fingiendo que nada ha cambiado cuando en realidad ya nada es igual. Escucha, Henry. Ha estado muy bien, pero no debería haber permitido que lo nuestro se convirtiera en algo más que en una relación laboral.

–Tú no hiciste nada sola. Lo hicimos los dos juntos. No hay razón para marcharse. Kaye aún no ha demostrado nada. Podemos continuar como hasta ahora...

Astrid negó con la cabeza. ¿Continuar? ¿Hasta qué?

–Piensa en lo que acabas de decir. ¿Acaso piensas casarte con otra mujer y seguir teniendo una relación conmigo?

–Sueno como si fuera idiota cuando digo eso, pero no quiero dejarte, Astrid.

–No puedo hacerlo –repitió ella–. Yo no puedo vivir con el corazón roto. Voy a tener que decidir qué es lo que voy a hacer ahora.

Henry se puso de pie, arrojó unos billetes sobre la mesa y la sacó del restaurante. Una parte de Astrid quería que él hiciera algo grande, que dijera que iba a encontrar el modo de hacerse cargo del niño de Kaye sin abandonarla a ella.

Sin embargo, se recordó que no creía en fantasías. Ya no. Era una mujer viviendo una vida de verdad. Desgraciadamente, parecía que para ella no iba a hacer final feliz.

Al salir del restaurante, Astrid tomó un taxi. No sabía dónde decirle que la llevara. Entonces, se dio cuenta de que necesitaba a su hermana. Su hermana era la más adecuada para ayudarla en aquellos momentos. Necesitaba un hombro sobre el que llorar.

Le dio al taxista la dirección de Bethann y se reclinó en el asiento. No se podía creer que, una vez más, se hubiera enamorado de su jefe. Aquella vez era mucho peor. Aquella vez sabía que estaba enamorada de verdad, un sentimiento que había creído sentir por Daniel, pero que, después de Henry, estaba segura de que no había sido así.

¿Qué iba a hacer?

El taxi llegó a su destino. Después de pagar la tarifa, salió del vehículo. Estaba lloviendo. Eran casi las once, pero no dudó ni un momento. Se dirigió hacia la puerta y tocó el timbre.

La luz del porche se encendió y, un minuto más tarde, alguien preguntó:

–¿Quién es?

Era Percy.

–Astrid.

La puerta se abrió inmediatamente. Percy la miró y suspiró.

–Iré a por Bethann.

–Gracias.

Astrid se dirigió al salón mientras Percy subía las escaleras para ir a buscar a su hermana. Bethann no tardó en bajar. Estaba en camisón y tenía el cabello despeinado, pero al ver a Astrid, la abrazó cariñosamente.

–¿Qué ha pasado?

Antes de que pudiera explicarse, Astrid rompió a llorar.

–Cuéntamelo todo –le susurró Bethann para que se tranquilizara. La condujo al salón y consiguió que Astrid se sentara a su lado.

–Su ex novia está embarazada y, si el niño es de él, va a casarse con ella.

–Oh, cielo. Lo siento...

–Lo sé. Comprendo por qué lo hace...

–Pues yo no. Creía que estaba contigo.

–Sí, pero no va a renunciar a su hijo. No quiere que el niño crezca sin conocer a su padre, tal y como le pasó a él. Eso lo entiendo, pero que se vaya a casar con ella...

–Es noble. Estúpido, pero noble.

–Y me dijo que quería que las cosas continuaran conmigo hasta que supiera si se tenía que casar con Kaye.

–Por favor, dime que te negaste a eso.

–No soy idiota. Por supuesto que sí. Lo malo de todo esto es que lo amo y que no sé cómo voy a poder dejar de hacerlo. Supongo que tendré que concentrarme en mi trabajo. Ahora, es lo único que tengo.

–¿Crees que podrás hacerlo?

–No estoy segura, pero tengo que intentarlo. No estoy dispuesta a perder otro trabajo porque me haya enamorado del hombre equivocado.

Bethann estuvo de acuerdo con ella. Entonces, preparó el sofá cama para que Astrid pudiera pasar la noche allí. Cuando su hermana se marchó a su dormitorio, Astrid volvió a echarse a llorar. No sólo no volvería a tener a Henry a su lado, sino que jamás volvería confiar en otro hombre. Había aprendido la lección. El amor no estaba hecho para ella. El trabajo sí. Se le daba muy bien su profesión y, si jugaba bien sus cartas, podría convertirse en una productora musical de primera clase. Nada le impediría alcanzar sus objetivos. Nada.

Henry tardó un día y medio en darse cuenta de que haber permitido a Astrid marcharse de su vida había sido el mayor error que había cometido. No podía imaginarse despertándose por la mañana al lado de Kaye, aunque el hijo que ella esperaba fuera suyo.

Sabía también que se estaba arriesgando a romper la cláusula de moralidad que había en el contrato de Malcolm, pero no le importaba. Simplemente no podía casarse con Kaye para ganar un trato de negocios. Los negocios no eran tan importantes como la familia.

Marcó el número de Kaye.

–¿Sí?

–Hola, Kaye. He estado pensando mucho en las últimas veinticuatro horas sobre el bebé y nuestra posible boda.

–Yo también, Henry. Estoy tan contenta de que hayas accedido a cumplir conmigo.

–Jamás dejaría que un hijo mío creciera sin formar parte de su vida.

–Genial. He pensado que nos podríamos casar en Italia. Tengo un amigo allí que nos prestará su casa. Creo que saldrá muy bien en las fotos. Me he puesto en contacto con algunos amigos que tengo en *Vogue* y han accedido a publicar el reportaje.

–No –replicó Henry. Encontrar las palabras para decirle que no iba a casarse con ella resultaba más difícil de lo que había imaginado.

–De acuerdo. Podemos casarnos en la casa de tu madre. Es fabulosa y...

–Kaye, basta ya. No voy a casarme contigo.

–Pero si acabas de decir que quieres ejercer de padre para con mi hijo.

–Sí, pero no voy a hacerlo casado contigo. No tenemos que estar casados para criar a un niño.

–Henry, tienes que casarte conmigo. Si no lo haces, haré que te arrepientas.

–Haz lo que quieras.

Con eso, Henry cortó la llamada. Kaye no le preocupaba. Llamó a su abogado y le pidió que redactara un acuerdo de paternidad y un régimen de visitas. Se pasó el resto de la noche tratando de encontrar el modo de recuperar a Astrid. Sabía que le había hecho mucho daño y estaba decidido a arreglarlo.

Al día siguiente, se sorprendió al recibir una llamada de Edmond.

–Tenemos que hablar –le dijo él.

–Claro. ¿Tiene esto que ver con el hecho de que mi división está superando a las demás? –preguntó Henry. Había visto las cifras. Evidentemente, era el ganador de la competición que Malcolm había creado para los tres hermanos.

–No. Tiene que ver con Kaye Allen. ¿Has visto la prensa de hoy?

–Todavía no. ¿Por qué?

–Hay una foto de Kaye con una prominente barriga acompañado del titular: *Los Devonshire no cambian. Henry se niega a casarse con la madre de su hijo.*

Henry soltó una maldición. Su teléfono empezó a sonar. Tenía otra llamada.

–¿Te importa esperar, Edmond? Tengo a mi madre por la otra línea.

–Está bien.

Henry contestó la llamada.

–Hola, mamá.

–No me digas hola, Henry Devonshire. Me he pasado los últimos treinta años haciendo lo posible para asegurarme de que el mundo te viera como Henry Devonshire y no simplemente como el hijo ilegítimo de Malcolm Devonshire. Entonces, tú dejas a una mujer embarazada y te niegas a casarte con ella.

–Mamá, ni siquiera estoy seguro de que ese niño sea mío. Teníamos una relación abierta.

–¿Y lo sabe Astrid?

–Mamá, se lo he contado todo. Tenía la intención

de casarme con Kaye, pero entonces me di cuenta de que no podía casarme con una mujer cuando quiero compartir mi vida con otra.

Se produjo un breve silencio al otro lado de la línea. Tiffany suspiró.

–Bien, pero arregla esto.

–Lo haré –dijo. Colgó con su madre–. ¿Edmond?

–Sigo aquí.

–Dame unos días para arreglar esto. No me importa no poder ser el director y presidente de Everest Group, pero no estoy dispuesto a casarme con la mujer equivocada para acallar los cotilleos de la gente.

Colgó el teléfono y bajó para leer los periódicos. Desgraciadamente, el anuncio de Kaye había reavivado el frenesí que se produjo con el nacimiento de Henry y de sus dos hermanastros.

Astrid no contestaba sus llamadas e hiciera lo que hiciera con su vida, no podía volver a enmendarla.

Los resultados de las pruebas de paternidad llegaron una semana más tarde, revelando que él no era el padre del hijo de Kaye. Henry se sintió aliviado, pero esto no le ayudó a superar el hecho de que todo aquello hubiera fastidiado su relación con Astrid.

Como ella no accedía a hablar con él, se le ocurrió hacer una entrevista. Llamó a un amigo suyo de la BBC y le pidió que le hiciera una entrevista con Geoff y Steven sobre el tema del padre biológico de los tres hombres. Esperaba que, tras ver la entrevista, Astrid accediera a hablar con él.

La entrevista fue muy bien, pero ella siguió sin contestar sus llamadas. Entonces, Henry trató de ponerse en contacto con su familia, pero los padres de Astrid estaban fuera de la ciudad. Bethann contestó una vez, pero sólo para maldecirlo.

A pesar de todo, Henry no estaba dispuesto a rendirse. No lo había hecho nunca y no iba a empezar a hacerlo en aquel momento.

La primera copia de las sesiones de estudio de XSU llegó a sus manos. Al escucharlas, recordó la primera noche que escucharon tocar al grupo. La noche que cambió todo lo que había entre ellos.

Astrid no borró ninguno de los mensajes que Henry le dejó en el contestador. Le habría encantado poder desenamorarse de él y seguir con su vida. Desgraciadamente, cada vez que escuchaba su voz, se echaba a llorar.

Tampoco pudo resistirse a ver la entrevista que él concedió a la BBC con sus hermanastros. Henry parecía cansado, pero se mostró muy profesional a lo largo de todo el programa. Astrid la grabó y la vio varias veces a lo largo de los siguientes días.

Henry volvió a llamarla para decirle que no era el padre del bebé de Kaye y que necesitaba hablar con ella. De repente, Astrid deseó hablar con él también, pero no podía dejar de pensar que jamás le había dicho que ella no podía tener hijos. Evidentemente, tener un hijo propio era muy importante para Henry y eso era algo que ella no podría darle jamás.

***

De repente, Henry supo lo que tenía que hacer. Tardó unos días en prepararlo, pero, la noche del viernes, se dirigió a Woking con una foto enmarcada de Astrid y de él y un anillo de compromiso en el bolsillo.

También había llamado a Bethann, que lo estaba esperando allí cuando él llegó.

–Espero que eso funcione –le espetó ella.

–Te aseguro que nadie lo desea más que yo.

El éxito no importaba sin Astrid a su lado. La necesitaba y no iba a rendirse fácilmente. XSU llegó veinte minutos más tarde. Henry lo organizó todo. Sólo necesitaba confirmar que Astrid estaba en su piso. Bethann la llamó y ella respondió. Henry recordó todos los grandes acontecimientos deportivos en los que había participado y se acordó de lo mucho que había deseado ganarlos. Todos palidecían en comparación con lo mucho que deseaba a Astrid a su lado.

–Voy a subir y a abrir la ventana para que ella pueda escuchar al grupo. Dame diez minutos.

–Está bien –dijo Henry–. Gracias, Bethann.

–De nada. Sólo tienes que hacer feliz a mi hermana durante el resto de su vida y así estaremos en paz.

–Tengo intención de hacerlo.

Bethann se marchó. Un pequeño grupo de personas se reunió en torno al grupo mientras afinaban los instrumentos. Tiffany y Gordon llegaron con sus hijos.

–Me alegro de que estéis aquí.

–No nos lo perderíamos por nada del mundo. Me gusta Astrid –dijo Tiffany–. Si vas a pedirle que se case contigo, queremos estar presentes.

Henry abrazó a su madre. Percy no tardó en llegar con los padres de Astrid. Por fin, vio que la ventana del piso de ella se abría e indicó a XSU que comenzara a tocar. La rubia cabeza de Astrid no tardó en asomarse. Ella lo miró y se cubrió la boca con una mano.

Bethann apareció a su lado y la abrazó. Cuando XSU terminó de tocar, Henry tomó el micrófono para hablar, pero antes de que pudiera hacerlo, Astrid se le adelantó.

–Vete a casa, Henry. Con esto no vas a conseguir nada más que dejarnos a los dos en ridículo.

–Eso no es cierto. Estoy aquí para arreglar las cosas.

–¿Cómo? No puedes hacerlo.

–¿Ni siquiera si te digo que te amo?

–¿Que me amas? ¿Qué...?

–No digas nada más. Deja que suba a tu casa.

Astrid se fijó que sus padres estaban allí, acompañados de Percy. Y Tiffany y Gordon. Y Joshua y Lucas. Henry había unido a sus familias.

–Está bien.

Miró a su alrededor, al piso en el que había conseguido renacer después del daño sufrido junto a Daniel. No estaba segura de que pudiera volverlo a hacer. Sin embargo...

–Creo que me quiere de verdad –dijo, tras retirarse de la ventana.

–Yo también lo creo –afirmó Bethann–, pero sólo tú puedes decidir eso. Ahora, voy a bajar para esperar con Percy y con papá y mamá.

–Bethann...

–¿Sí?

–¿Cómo estuviste segura de que Percy era tu hombre?

–Es el único que me hace sentir viva. No es perfecto, pero es mío. Cuando lo miro, sé que me ama incluso cuando me estoy comportando como una idiota.

Bethann abrazó a su hermana antes de marcharse. Astrid pensó en todo lo que le había dicho Bethann mientras esperaba. El amor era mucho más que una ilusión. Era el secreto de la intimidad de una vida en común.

Henry llamó a la puerta. Ella fue a abrirla. Él entró en el piso y la miró. A través de la ventana, volvieron a escucharse las notas de la música de XSU.

–Te he echado de menos todos los días –susurró él, tomándola entre sus brazos–. Esta semana ha sido la más larga de mi vida. No me puedo creer que fuera tan estúpido como para pensar que podría casarme con otra mujer cuando tú eres la dueña de mi corazón.

–Tengo miedo de creer que de verdad te vas a quedar a mi lado...

–Lo sé, pero yo no soy como los otros hombres que ha habido en tu vida.

–No he amado nunca a ninguno como te amo a ti.

–Yo también te amo, Astrid. Quiero vivir mi vida a tu lado. Quiero que nos casemos y tengamos hijos. Quiero que construyamos una vida juntos.

Astrid también lo quería, pero Henry tendría que saber la verdad.

–No puedo tener hijos, Henry. Yo... Tuve un embarazo ectópico y fue muy complicado. Perdí el bebé y el médico me dijo que... bueno, que no puedo tener hijos.

Henry la abrazó con fuerza.

–Mientras te tenga a mi lado, me basta. Eres la pieza que le faltaba a mi vida. No he tardado en darme cuenta de que, sin ti a mi lado, no me importa nada.

Se metió la mano en el bolsillo y sacó el estuche. Entonces, hincó una rodilla en el suelo.

–Astrid Taylor, ¿quieres casarte conmigo?

Ella lo miró. Contempló al hombre del que había estado tan enamorada cuando sólo era una adolescente, a su jefe, al hombre que le había robado por completo el corazón.

–Sí, Henry Devonshire, quiero casarme contigo.

Él le colocó el anillo en el dedo, se puso de pie y la besó. Entonces, se dirigió a la ventana y miró a todos los que había en la calle, esperando.

–¡Ha dicho que sí!

Todos aplaudieron a rabiar. Astrid se echó a reír. Se sentía feliz por haber encontrado finalmente al hombre al que llevaba toda una vida buscando.

Deseo™

La hija del millonario

PAULA ROE

El multimillonario Alex Rush no tenía ni idea de que la mujer a la que había amado tanto, Yelena, había sido madre; la paternidad de la hija de Yelena lo tenía intrigado y la idea de que ella hubiera estado con otro hombre lo quemaba por dentro. La química que había entre ambos hizo que se acercaran de nuevo el uno al otro, pero la verdadera paternidad de la niña podía destruir una atracción imposible de parar.

¿Quién sería el padre de la hija de Yelena Valero?

¡YA EN TU PUNTO DE VENTA!

Acepte 2 de nuestras mejores novelas de amor GRATIS

¡Y reciba un regalo sorpresa!

Bianca™

Creía que él era su príncipe azul,
¿pero la habría llevado engañada a la isla?

El objetivo del multimi-
llonario Alex Matthews era
Serina de Montevel, una bella princesa sin corona. Su
deber consistía en mantener
a su hermano bajo vigilancia,
pero era Serina quien le interesaba de verdad.

Prácticamente secuestra-
da en una escondida man-
sión tropical, Serina descubrió que su decoro empezaba
a resquebrajarse ante el poder de seducción de Alex. Antes de que la empobrecida
princesa se diera cuenta, estaba ahogándose en los gla-
ciales ojos azules de Alex y...
despertando en su cama.

Princesa pobre,
hombre rico

Robyn Donald

Deseo™

Retorno a la pasión

EMILY McKAY

La subasta de una mujer soltera, Claire Caldiera, para una obra de beneficencia proporcionó al millonario Matt Ballard la oportunidad que llevaba tiempo esperando: pasar una velada con Claire.

Claire había abandonado a Matt hacía tiempo y él echaba de menos a esa mujer cuya traición había estado a punto de acabar con él. Su plan era seducirla, sacarle información de su pasado y ser él quien la abandonara. Pero una sola caricia de Claire bastó para prender el fuego de una pasión adormecida.

¿Cuánto estaba dispuesto a pagar?